Widows Wear Weeds

新編賈氏妙探

之27 迷人的寡婦

賈德諾 Erle Stanley Gardner 著 周辛南 譯

目錄
Contents

Widows Wear Weeds

目錄
Contents

出版序言

關於「妙探奇案系列」

當代美國偵探小說的大師，毫無疑問，應屬以「梅森探案」系列轟動了世界文壇的賈德諾（E. Stanley Gardner）最具代表性。但事實上，「梅森探案」並不是賈氏最引以為傲的作品，因為賈氏本人曾一再強調：「妙探奇案系列」才是他以神來之筆創作的偵探小說巔峰成果。「妙探奇案系列」中的男女主角賴唐諾與柯白莎，委實是妙不可言的人物，極具趣味感、現代感與人性色彩；而每一本故事又都高潮迭起，絲絲入扣，讓人讀來愛不忍釋，堪稱是別開生面的偵探傑作。

任何人只要讀了「妙探奇案」系列其中的一本，無不急於想要找其他各本，以求得窺全貌。這不僅因為作者在每一本中都有出神入化的情節推演，而且也因為書中主角賴唐諾與柯白莎是如此可愛的人物，使人無法不把他們當作知心的、親近的朋友。「梅森探案」共有八十五部，篇幅浩繁，忙碌的現代讀者未必有暇遍覽全集。而「妙探奇案系列」共為廿九部，再加一部偵探創作，恰可構成一個完整而又連貫的「小全集」。每一部故事獨立，佈局迴異；但人物性格卻鮮明生動，層層發展，是最適合現代讀者品味的一個偵探系列。雖然，由於賈氏作品的背景係二次大戰後的美國，與當今年代已略有時間差異；但透過這一系列，讀者仍將猶如置身美國社會，飽覽美國的風土人情。

本社這次推出的「妙探奇案系列」，是依照撰寫的順序，有計劃的將賈氏廿九本作品全部出版，並加入一部偵探創作，目的在展示本系列的完整性與發展性。全系列包括：

①來勢洶洶 ②險中取勝 ③黃金的秘密 ④拉斯維加，錢來了 ⑤一翻兩瞪眼 ⑥變！失踪的女人 ⑦變色的色誘 ⑧黑夜中的貓群 ⑨約會的老地方 ⑩鑽石的殺機 ⑪給她點毒藥吃 ⑫都是勾搭惹的禍 ⑬億萬富翁的歧途 ⑭女人等不及了 ⑮曲線美與痴情郎 ⑯欺人太甚 ⑰見不得人的隱私 ⑱探險家的嬌妻 ⑲富貴險中求 ⑳女人豈是好惹的 ㉑寂寞的單身漢 ㉒躲在暗處的女人 ㉓財色之間 ㉔女秘書的秘密 ㉕老千計，狀元才 ㉖金屋藏嬌的煩惱 ㉗迷人的寡婦 ㉘巨款的

誘惑 ㉙逼出來的真相 ㉚最後一張牌。

本系列作品的譯者周辛南為國內知名的醫師，業餘興趣是閱讀與蒐集各國文壇上高水準的偵探作品，對賈德諾的著作尤其鑽研深入，推崇備至。他的譯文生動活潑，俏皮切景，使人讀來猶如親歷其境，忍俊不禁，一掃既往偵探小說給人的冗長、沉悶之感。因此，名著名譯，交互輝映，給讀者帶來莫大的喜悅！

譯序

美國有史以來最好的偵探小說

周辛南

賈氏「妙探奇案系列」，（Bertha Cool—Donald Lamm Mystery）第一部《來勢洶洶》在美國出版的時候，作者用的筆名是「費爾」（A. A. Fair）。幾個月之後，引起了美國律師界、司法界極大的震動。因為作者大膽的在小說裡寫出了一個方法，顯示美國人在現行的美國法律下，可以在謀殺一個人之後，利用法律上的漏洞，使司法人員對他無計可施，只好讓他逍遙法外。

於是「妙探奇案系列」轟動了美國的出版界、讀書界和法律界，到處有人打聽這個「費爾」究竟是何方神聖？

作者終於曝光了，原來「費爾」就是名作家賈德諾的另一個筆名。史丹利．賈德諾（Erle Stanley Gardner）是美國當代最著名的作家之一。他本身是法學院畢業的律師，早期執業於舊金山，曾立志為在美國的少數民族作法律辯護，包括較早期的中國移民在內。律師生涯平淡無奇，倒是發表了幾篇以法律為背景的偵探短篇頗受歡迎。於是改寫長篇偵探推理小說，創造了一個五、六十年來全國家喻戶曉，全世界一半以上國家有譯本的主角——梅森律師。

由於「梅森探案」的成功，賈德諾索性放棄律師工作，專心寫作，終於成為美國有史以來第一個最出名的偵探推理作家，著作等身，已出版的一百多部小說，估計售出七億多冊，為他自己帶來巨大的財富，也給全世界喜好偵探、推理的讀者帶來無限樂趣。

賈德諾與英國最著名的偵探推理作家阿嘉沙．克莉絲蒂是同時代人物，都活到七十多歲，都是學有專長，一般常識非常豐富的專業偵探推理小說家。

賈德諾因為本身是律師，精通法律。當辯護律師的幾年又使他對法庭技巧嫻熟，所以除了早期的短篇小說外，他的長篇小說分為三個系列：

一、以律師派瑞．梅森為主角的「梅森探案」；
二、以地方檢察官Doug Selby為主角的「DA系列」；
三、以私家偵探柯白莎和賴唐諾為主角的「妙探奇案系列」；

以上三個系列中以地方檢察官為主角的共有九部。以私家偵探為主角的有二十九部，梅森探案有八十五部，其中三部為短篇。

梅森律師對美國人影響很大，有如當年英國的福爾摩斯。「梅森探案」的電視影集，台灣曾上過晚間電視節目，由「輪椅神探」同一主角演派瑞・梅森。

研究賈德諾著作過程中，任何人都會覺得應該先介紹他的「妙探奇案系列」。讀者只要看上其中一本，無不急於找第二本來看，書中的主角是如此的活躍於紙上，印在每個讀者的心裡。每一部都是作者精心的佈局，根本不用科學儀器、秘密武器，但緊張處令人透不過氣來，全靠主角賴唐諾出奇好頭腦的推理能力，層層分析。而且，這個系列不像某些懸疑小說，線索很多，疑犯很多，讀者早已知道最不可能的人才是壞人，以致看到最後一章時，反而沒有興趣去看他長篇的解釋了。

美國書評家說：「賈德諾所創造的妙探奇案系列，是美國有史以來最好的偵探小說。單就一件事就十分難得——柯白莎和賴唐諾真是絕配！」

他們絕不是俊男美女配：

柯白莎：女，六十餘歲，一百六十五磅，依賴唐諾形容她像一捆用來做籬笆，帶刺的鐵絲網。

賴唐諾：不像想像中私家偵探體型，柯白莎說他掉在水裡撈起來，連衣服帶水不到一百三十磅。洛杉磯總局兇殺組宓警官叫他小不點。柯白莎叫法不同，她常說：「這小雜種沒有別的，他可真有頭腦。」

他們絕不是紳士淑女配：

柯白莎一點沒有淑女樣，她不講究衣著，講究舒服。她不在乎別人怎麼說，我行我素，也不在乎體重，不能不吃。她說話的時候離開淑女更遠，奇怪的詞彙層出不窮，會令淑女嚇一跳。她經常的口頭禪是：「她奶奶的。」

賴唐諾是法學院畢業，不務正業做私家偵探。靠精通法律常識，老在法律邊緣薄冰上溜來溜去。溜得合夥人怕怕，警察恨恨。他的優點是從不說謊，對當事人永遠忠心。

他們也不是志同道合的配合，白莎一直對賴唐諾恨得牙癢癢的。

他們很多地方看法是完全相反的，例如對經濟金錢的看法，對女人——尤其美女的看法，對女秘書的看法……

但是他們還是絕配！

賈氏「妙探奇案系列」，為筆者在美多年收集，並窮三年時間全部譯出，全套共三十冊，希望能讓喜歡推理小說的讀者看個過癮。

第一章 勒索案

工作了一個早上，到了中午之後，還處在欲罷不能的局勢中。

這一陣我在辦一個十分複雜的保險理賠案子，連續不停的工作了一個星期。現在趕著把報告打出來。時間已不允許先口述，速記，再打字，所以我的秘書卜愛茜在我口述的時候，直接打字。

愛茜的工作能力很強，但是直接自口述打字，要有四份拷貝。即使是最好的秘書，仍是一種非常勞心勞力的工作。

下午三點鐘，工作完畢，我才算鬆了口氣。我們的客戶會在五點鐘來向柯白莎拿報告。柯白莎是我的事業合夥人。我們的事業是私家偵探社。

柯白莎像一口袋水泥，任何客戶一看都會看出她硬朗的個性。我是跑腿的，辦公室是由白莎負責，最重要的工作是敲定價錢和怎麼樣用最少的錢，叫我跑出最大結果來。

卜愛茜自打字機抽出最後一疊紙，「又結束了一個案子。由你所發現的事實，保險公司花些小錢就可以把這件案子和解了，他們做夢都會笑醒。」

我點點頭，「我就是急著要讓白莎在客戶來之前，先看一下這份報告。如此她可以決定要他們付多少錢。我們去喝杯咖啡，吃點東西吧。」

「我個人一杯咖啡可不夠，至少要兩杯。」她承認餓了。

我把報告整理好，自己拿去白莎的私人辦公室。

柯白莎坐在她那張會咯吱咯吱叫的迴旋椅中，前面是一張比例上說來太大，又傷痕纍纍的辦公桌。

「都弄好了？」她問。

「弄好了。」

她一把拿過我手上的報告，手上鑽石戒指劃過半空，反射出冷冷的閃光。

「只有一點點時間了，那麼多報告，我看得完嗎？」她問。

「鐵案如山。」我說。

「對我們有利？」

「對我們的客戶有利。」

白莎咕嚕了一下。她拿起桌上老花眼鏡戴上，開始閱讀。

「坐吧！」她說。

「不了，」我說，「我和愛茜出去吃點東西。」

她沒有抬頭或停止閱讀。「你和愛茜！」她嗅之以鼻，不快地說。

「是的，我和愛茜。」我告訴她，走了出來。

愛茜在等我。

「ＯＫ？」她問。

「ＯＫ。」

「她知道我們兩個出去？」

「是的。」

「她怎麼說？」

我向她露一下牙齒。

「沒有『限制級』的話？」

「沒有。」我說。

「奇怪。」她說。

「白莎沒有空閒時間了。」我告訴她。「她已經開始在看報告了，我才告訴她，走吧，『我們』！」

我們下樓到大樓裡的咖啡店，我們佔了一個火車座。

「一大壺咖啡，」我說，「來一籃現烤的餅乾，四人份的法國鬆軟起司。」

「四人份！」愛茜說：「我的身材！」

「你的身材蠻好的。」我告訴她。

侍者離開，我把自己向沙發背一靠，儘量輕鬆下來，今天上午是太緊張了。我要一面看筆記，一面口述讓愛茜打成報告，口述不能太慢，以免她停下來等，但也不能太快，使她跟不上。

侍者送來咖啡。她說：「看你們的樣子，我先把咖啡拿來了。餅乾烤一下就可以拿來，起司是現成的。」

「好極了。」告訴她。

一個男人走進來，好像無目的地環顧一下全室，我看像是在找人，不像是在選位置吃東西。

他的眼光看到我們坐的位置，停了一下，又看回來，快快地看向別處。

那男人在餐廳正中選了一張桌子坐下來。他坐的位置可以清楚地看到我們。

我對愛茜說：「不要去亂看，我認為有人在跟蹤我們了。」

「老天，怎麼會？」

「我也不知道。」我說。

「那個才進來的男人？」

「是的。」

「他會要什麼呢？」

「我想，」我說：「他會要咖啡和甜甜圈。但是他真正來這裡的目的，是因為有人告訴他我們在這裡，他是來查對一下的。」

「一定是他去辦公室找你，白莎告訴他你在這裡。」

「不像。」我說：「當然也有一點點可能性。不過，這個人看起來有錢；假如一個可能是顧客的人進來，看起來又有錢，白莎會說：『你請坐下，我兩分鐘之內可以叫他上來。』於是白莎會隨便派個打字小姐，下來命令我們立即回去。」

愛茜笑了。她說：「你跟白莎太久了，不但知道她會說什麼，而且學她講話學得一模一樣。」

「但願不至於如此。」我說。

我們的起司和餅乾來了。我們一面吃起司，一面用熱的餅乾。那個坐在當中桌子上的男人，要了咖啡和一個塗了巧克力的甜甜圈。

「這樣吃起東西來有點神經過敏。」愛茜說：「我自己看來像在魚缸裡，好多小孩在看著我一樣。」

突然那個男人把椅子向後一退。

「要過來了。」我說。

「你說他要過來了？」

「錯不了，才下定決心。」

那男人自椅中站起，直接向我們火車座走來。

「賴唐諾嗎？」他問。

我點點頭。

「我想我認識你。」

「我想我不認識你。」我說。

「這一點我清楚。我叫巴尼可。」

我既沒站起來，也不想和他握手。我只是點一下頭，我說：「巴先生，你好。」

他看向卜愛茜，等著介紹。

她沒吭氣，我也不出聲。

他說：「賴先生，我有重要的事，想和你談談。」

「十分鐘後，我會回辦公室，」我告訴他：「我們可以在辦公室談。」

「事實上，我想先和你見一個面……我是說，非正式地先和你談一下……我能不能把咖啡端過來，浪費你幾分鐘？是業務性的。」

我猶豫一下，看一下愛茜，嘆口氣，說道：「好吧，我是在辦公時間，你要花鈔票的。」

「我本來計劃好要付你鐘點費的——很慷慨的付。」

我說：「這位是卜愛茜，我的私人秘書，你去端你的咖啡。」

他走回自己桌子，快快地把咖啡杯連碟子，還有沒有吃完的半個甜甜圈一起拿了過來。

我把桌子整理一下，使他能把東西放下。

他說：「你們的公司是柯賴二氏私家偵探社？」

「對的。」

「你們在私家偵探的圈子裡相當有名氣。」

「我們是碰到過幾件有趣的案子。」

「我相信那些顧客都非常滿意。」

「你的興趣是……？」我問他。

他神經質地笑笑，說：「我有一件很微妙的事，不知怎麼向你開口。」

「女人？」我問。

「案子裡是有一個女人。」他說。

「女人以哪種關係出現在案子裡？」我問。

「通常有哪些關係，女人可以出現在案子裡呢？」他反問。

「有很多種。」我說：「勒索、贍養、爭子女的監護，傷心，還有單純的『性』。」

他不安地看一眼愛茜。

「她跟我做秘書很久了。」我說。

「我認為這件案子屬於你說的，單純只有『性』。」他含糊地說，「至少從女人立場，是這樣的。」

「還有別的立場？」

「是的。」

「什麼？」

「勒索。」

「女人在勒索？」

「不是。」

「你說下去。」我說。

他問：「你應該怎樣去對付一個勒索者？」

我說：「你設一個陷阱，想辦法在勒索者出價的時候，用錄音機錄下音來放回給他聽，把他嚇個半死，你就脫鉤了。」

「再不然，你去報警。老實把一切告訴警方，由警方設一個陷阱。假如你有點勢力，每個人幫你忙，也能替你保密。」

「還有別的方法嗎？」他問。

「當然。」

「什麼？」他問。

「謀殺。」

「還有別的方法的。」他說。

「什麼？」我問。

「付錢。」

我搖搖頭。「這種錢付不完的，有如想離開水，但是一直向海裡在走。」

「在我這件案子裡，不幸的是只有這一條生路。」

「付勒索錢？」

「是的。」

我搖搖頭，說：「沒有用的。」

他把咖啡喝了，把杯盤向前一推，「你認識宓善樓警官嗎？」

「非常熟。」我說。

「我知道他也認識你合夥人柯白莎？」

「是的。」

「我知道他和柯白莎處得非常好。」

「他們是一國的。」

「你呢？」

我說：「處得也不錯，有一兩件案子，我幫了他一點忙，他美得冒泡。換句話說，在案子結束時我們稱兄道弟，不過案子在進行的時候，宓警官老以為我喜歡走捷徑。」

「他認為你能幹？」

「不是，太能幹。」

巴先生笑笑，「我也聽到是如此。」他說。

「好吧，」我告訴他，「你在浪費時間，你喜歡問問題。你準備還要問問題嗎？」

「要的。」

「先拿五十元，再問。」我告訴他。

他大笑道：「我聽說柯白莎才是定價錢的人。」

我說：「要是白莎的話，你還沒有把咖啡端過來，五十元早就沒啦。」

他自口袋拿出一個皮製的皮夾，打開來，伸手進去拿出一張五十元的鈔票。我拿到手中說：「愛茜會在我們回辦公室時，給你一張收據的。」

他說：「我是巴氏餐廳老闆。」

「我知道那個地方。」我告訴他，「非常高級的地方。」

「是非常高級。我付主廚大價錢，他自己有一批助手，其中兩個助手比一般主廚薪水還高。」

我什麼也沒有說。

「你看能不能安排一下，」他說下去，「安排一下……你和你的合夥人柯太太，還有宓警官，能夠在明天晚上，在我那裡用飯。」

我搖搖頭。

「為什麼？」

「那要費不少安排：每次你要替宓善樓安排，就等於是你肩膀痛的時候，要去推一塊大石頭上山。」

「不過，」他說，「一切都是由巴氏餐廳請客的。香檳、牛排、甜點、起司、雪茄……」

「這對白莎可以發生作用，」我說，「但是引不動宓警官，他要知道這一切為的是什麼。」

「你們可以安排成他不知道這是餐廳招待的。」

「要他做什麼呢？」

「引起大家到巴氏餐廳吃飯的興趣。」

「我要先再弄清楚一些。」

「什麼都告訴你了呀。」

我說：「我們才把一件案子了結。案子中有的地方警方有興趣，宓警官更會想得到這個資料。這種資料最好從餐桌上給他。」

他高興起來了，「柯白莎可以邀請他，給他一個是柯白莎出錢的想法。」

我向他笑笑，「柯白莎掏鈔票請宓善樓吃飯？她要去看精神病醫生了。」

「那麼你出面請他好了。」

「那還差不多。」

「白莎省錢得很？」

「吝嗇。」我說：「一塊錢進來的時候是醬油碟子大，出去的時候像圓桌面。」

「我明白了。」他說。

「我覺得你應該告訴我，這一切都是為了什麼？」我說：「再說，我們邊上的卡座又來了客人，你應該說話輕一點。」

他傾向我說：「我已經注意到了。你的秘書眼睛一動，我就注意到後面有人來了。」

「無論如何，」我說，「這裡絕不是討論業務的好地方。」

「我沒有討論業務，我們在討論前奏，這是重要的。」

「為什麼？」

「有人在勒索我。」他說。

我點點頭。「你說過的。」

「勒索的人要一萬元現鈔。」

「這是第一口嗎？」我問。

他點點頭。「對方答應只咬我一口。」

「老調。」我說：「每個人都如此說的。」

「由於我目前不能告訴你的理由，」他說：「我一定得付款。」

我搖搖頭。

「那是我唯一能保護案子裡女人的一個方法。我一定要付款。」

「你什麼時候要付款？」

「今夜。」

我說：「別傻了，今夜你付一萬元，然後六個月後，你要付兩萬元。你會一直付，付到飯店破產為止。每次都會有一些原因。他們會說本來是打算和你一刀兩斷的，但是發生什麼情況，他們自己也被勒索了。他們一定要一筆錢。你是他們唯一有錢的朋友了。

「他會說，他自己也不好意思，討厭自己的行為。他要去南美，重新做人。他有個投資機會，他要最後一筆錢，說是借款，絕對會還的。他甚至會給你寫借條。」

巴尼可猶豫了。

「還想付他錢嗎？」我等了一下，問道。

「這一次還是要付他錢。」他說：「我不做不行。」

「為什麼找到我？」

「因為，」他說，「我要你去付錢。」

「有什麼好處呢？一萬元不是小數目。勒索的人永遠會勒索。」

「你不知道我的想法。你去替我付款。明天晚上，你的合夥人柯太太和宓善樓警官會去小店吃飯，大家都會看到他們。看到的人中，有一位是報章花邊專欄作家尹科林。他會在大報花邊『大城夜遊』裡來一段：『柯賴二氏在巴氏餐廳宴請宓警官。四人一桌，香檳牛排，賓主俱歡。多半是在慶功某一件案子的順利滿意結束。』」

「四人一桌？」

他向卜愛茜點點頭。

「這還是要花很多功夫安排呀！」

「在這個圈子裡，你是非常有聲譽的呀。」

「圈子外面呢？」我問。

「正在慢慢醞釀。」

「今晚的勒索案怎麼辦？」

他說：「我們離開這裡，去你的辦公室。在那裡我告訴你怎麼辦。」

我搖搖頭。

「不行？」

「不行。」我說：「愛茜和我回辦公室。你進去找柯白莎，你把你的故事告訴她，她會替你定個價格。」

「已經給你的五十元，我怎麼給她解釋？」

「你不必解釋。」我把五十元自桌子上面交回到他面前。

「什麼意思？」他不明白地問，暫時不肯把錢拿回去。

「五十元是預防性的。有的人以為專家不在辦公室時向他問些問題，可以免費得到專家的建議。這類人多得很。醫生好容易有空吃頓飯，突然來個人問有痔瘡該怎麼處理。律師在舞會上往往會碰到鄰座的人說：『呀，大律師，我有一個好案例告訴你，那是我一個朋友經歷到的，很有趣，我慢慢來告訴你，看你在法律上有什麼觀點。』」

「我不這樣做生意的。」他說。

「沒弄清楚之前，」我說，「我怎麼會知道？」

「要我付五十元，為的是弄清楚？」

「是的。」

「柯太太要是知道了客戶給過你五十元，你又退回去了，會怎麼說？」

「柯白莎，」我說：「會火冒三丈。」

「也有可能我根本不回你們的辦公室去了。」

「可能。」我說，看看我手錶。「給我們十分鐘時間先回辦公室準備一下。然後你進來直接找白莎，把問題告訴她。」

「我不想使她知道案子裡全部詳情。」

「其實你又何嘗把全部詳情告訴過我呢？你保留了不少。」

「有的地方，我不得不保留。」他說。

「向白莎保留，」我說，「和向我保留，完全是不相同的一回事。現鈔可以使白莎友善親切。」

「像個朋友？」他問。

「像隻貓。」我向他保證。

「多少錢現鈔？」

「比你準備要付的多得多。」

「那是一件小案子呀。」他說：「只是交付一萬元而已。」

「你去告訴白莎。」我說。

他猶豫了一下，說道：「謝謝你，賴先生。」拿起咖啡杯和本來裝甜甜圈現在已經空了的碟子，走回房間的中央，在原來位置坐下，啜他的冷咖啡。

我向愛茜點頭示意。「我們走吧，」我告訴她，「白莎會一直在計算我們離開的時間的。她會記住我們什麼時候離開，特別注意我們什麼時候會回去的。」

「巴先生的事，你不準備告訴她嗎？」

「別傻了，」我說，「合夥生意怎麼能出現單行道？」

我們回到辦公室。

我的電話響了。

來電話的是白莎，她說：「你們一定喝了十壺咖啡。」

我對電話中說：「我在談生意。」

「和愛茜？」她諷刺地說。

「和一個五分鐘之內馬上會來看你，姓巴的人。你千萬別讓他知道我告訴過你了。他是巴氏餐廳老闆，他有鈔票，他有麻煩，他要我們。」

「他有多少麻煩？有多少鈔票？」

我說：「那是屬於你的部門的，白莎。我心太軟；我看不透人有多少錢。我建議他晚我十分鐘來我們辦公室，別說起見過我這件事。」

白莎的聲音不再冷冷的。「唐諾，」她說，「你學乖了。你真的學乖了。」

第二章 保護女人的好名譽

四點鐘，我的電話又響起。卜愛茜說：「白莎想知道你現在能不能過去。」

我向愛茜眨一下眼，經過她時拍了一下她的肩，走出自己的私人辦公室，進入大辦公室，又進入一個漆了「柯氏——私人辦公室」的門。

巴尼可坐在白莎辦公室，看起來像才從沒有勾芡的熱湯裡撈起來一樣。

白莎說：「這是巴尼可，他是巴氏餐廳老闆。這是賴唐諾，我的合夥人。」

我只是把頭點一下。

白莎把辦公室一個抽屜拉開，拿出十張五十元面額的鈔票。她說：「巴先生付了我們五百元的定金。他要你今夜替他服務。」

「什麼樣的服務？」我問巴尼可。

「付一筆勒索的款子給勒索的人。」他說。

「這樣做通常是沒有用的。」我告訴他。

「這次一定要有用，」白莎說。然後她轉向巴尼可說：「唐諾會使它有用的。他是個有腦子的渾蛋。我自己在打烊之前還有點事情要辦一下。我看你們倆找個地方談一下細節，我自己明天早上親自會問唐諾，過問這件事的。」

巴尼可說：「假如一切順利，令我滿意，我想明天晚上我們在我小店慶祝一下——腰部嫩肉牛排、烤洋芋、香檳，餐前的雞尾酒，餐後的法國白蘭地，統統由小店免費招待。」

白莎小眼煽呀煽地看向我。

「假如你們湊得起四個人，」巴尼可繼續說下去，「我給你們先把位子訂下來。」

「四個人？」白莎重複他說的話。

巴尼可點點頭。「我知道賴先生可以自己找一個喜歡約會的女伴，至於你，柯太太——我記得六個月之前，你曾經和一位警官光顧過小店，是不是？」

「一位警官？」白莎問。

「宓善樓警官。」

「喔，」白莎說，「那時我們辦了一件善樓也有興趣的案子，他請我吃飯，吃飯時嚴刑逼供了我一陣子。」

「告訴他你要回請他一頓，怎麼樣？」巴尼可說。

我看得出他的建議產生了作用。

「他有一、兩次幫了我們不少忙。」她說，然後想想又加了一句：「但是我一定要告訴他，我們替你辦了一件事，所以一切是由你請客的。」

「謝謝。」巴尼可說：「這也是我希望你告訴他的。」

「好呀，我們明天看事情辦得怎麼樣。」白莎說，然後她向我點點頭，「唐諾，你帶巴先生出去。當你和那勒索者見面時，要先嚇他一個半死。」

「勒索者多半詭計多端。」我告訴她：「否則他們不會靠這一行謀生。」

「但是他們也見不得天日，」白莎說：「他們也不會出面硬拚。他們窺探別人隱私，他們把竊聽器放在別人臥室裡，但是一旦碰到打擊，他們就畏縮，他們哞哞像小牛一樣，咩咩像小羊一樣，喵喵像小貓一樣。你怕他們幹什麼？」

巴尼可煞有介事地評估我說：「你好像肌肉不夠發達，唐諾。你這樣能使一個勒索者畏縮，咩咩咩咩，喵喵地叫嗎？」

「這傢伙腦子發達得很。」白莎在我回答之前，先作了答覆。「你看你的勒索者畏縮，看你的勒索者，咩咩！咩咩！喵喵地叫好了。」

巴尼可站起來。「那我們就出去計劃計劃好了。」

「走吧。」我說。

我帶路進了我自己的私人辦公室。巴尼可坐下來，吹了一個口哨。「五百元！」他說：「你的合夥人可一點也不謙遜，唐諾。」

「我可從來沒說過她謙遜。」

巴尼可言歸正傳地說：「希望你能瞭解，我如此做完全不是為了我自己，而是為了保護一個女人的好名譽。」

「你在保護哪位女人的好名譽呢？」

「除了她的姓之外，我不希望你知道她是什麼人。」巴尼可說：「她姓康。我們今晚七點去看她，希望你準備好。」

「我們幾點去見勒索者？」

「八點。」

「我們付他多少？」

「一萬元。」

「為什麼我們一定要見那女人？」

「因為，」巴尼可說，「錢是由她湊出來的，目前我不太方便去湊錢。再說，我們是為她工作。」

「七點。」我說，「我們什麼地方見？」

「我會在大樓門口接你。我開我的跑車來。」

「七點正。」我告訴他。「我不想站在那裡傻等。」

「我們每件事要依時間辦理，」他說，「我們講究準時。」

「ＯＫ，」我告訴他，「七點見。有件事你記清楚了，你說我們為那女人工作，那麼，一切都以那女人的利益為出發點。」

第三章　擺平一切

巴尼可準時在七點鐘來接我，他開的是一輛昂貴的跑車。

他把車靠向路邊，我坐到他旁邊去，把安全帶繫好。他說：「我再提醒你一下，這件事我是為那女人在做。」

「你已經告訴我幾次了。」

「實在只是為她而做的。」

我什麼也不說。

「否則，我會告訴那勒索者，叫他去死好了。」

「你有太太？」我突然問道。

「這有什麼關係？」他問。

「這種勒索案子裡，有沒有太太，關係可大了。」

「是的，」他說，「我結婚了。」

我們一聲不響地開了一兩分鐘車。

「我的太太，」巴尼可說，「最近變成一個冷血的金錢主義者，掘金的人。」

「會分手離婚嗎？」我問。

「隨時。」

「你不會認為，這件案子背後是她在主持吧？」

他搖搖頭。

「為什麼？」

「因為我知道不可能。」他說：「我的太太和我最近七、八個月來，彼此都想抓住對方一點有力的證據。她知道我在外面玩，事實上，她確定我會在外面玩。她自己移到客房去睡，她把門鎖著。我連見她一面也很少有機會，難得見上一面也是冷若冰霜。而且她也請了私家偵探對付我。」

「她怎麼會沒有你的把柄呢？」

他笑得很高興說：「我告訴你一些秘密，賴。我是個非常聰明的人！」

「怎麼回事？」我問。

「我知道有人在跟蹤我。」他說：「我看到跟蹤車的車號，追查到她所雇的私家偵探社，發現她每天請了兩個八小時的班，來跟蹤我。

「其實我要自跟蹤的人那裡溜走，易如反掌，但是我每大有八小時沒有人跟蹤，我何必一定要和他們開玩笑呢？我太太吝嗇，沒肯雇每天三班，每班八小時來對付我。」

「那麼，那個勒索者應該可以把證據賣給她呀！」我說。

「他不會把任何東西賣給任何人的。」巴尼可說：「我們會依他要求付錢給他，一刀兩斷。」

「有樂觀的想法也是對的。在這種情況下，勒索者肯用一萬元讓你脫鉤，是非常不容易的。」

「他又不是讓我脫鉤。」巴尼可說：「是讓康小姐脫鉤。」

「你的意思是那勒索者不知道你是結了婚的？」

「我認為他對我的情況毫不發生興趣。他勒索的對象只是康小姐。」

「那麼，當他對付完了康小姐之後，他就會對付你了。」

「這就是為什麼我要把你帶去的原因。」

「我又不會把不可能變為可能。」我說。

「不是不可能。」他告訴我：「對這一類事，你是專家，而我不是。正如白莎所說，你要把他嚇個半死。一面嚇他，一面安撫他；把一萬元放他口袋，讓他拿得心驚肉跳，你要拿到他手上的證據。」

「到底證據是什麼呢？」我問。

「照片。」

「親密鏡頭？」我問。

「不是。是兩個人一起離開汽車旅社和我手寫的一張登記卡。」

「登記卡怎麼樣？」

「登記的是巴尼可夫婦。」

「登記的地址呢？」

「地址倒是沒有問題，但是上面有我汽車車牌號碼。」

「很多人登記的時候有個原則，叫作『出外都姓王』，這一點你不明白嗎？」

「我知道，那一天我一定要接一個重要生意電話——而且我絕對知道那晚是沒有人在跟蹤我的。」

「但是後來你知道了，其實是有人在跟蹤的。」

「正如我所說，我太太雇了一個偵探社跟蹤我已經一個月了。她的命令是一週七天，下午四時到午夜；午夜到次晨八時。每一位作業員七十五元，開銷另加——一百一十元一天。兩星期之前，她花了兩千多元，就放棄了。」

「她放棄，你就知道了？」

「當然，我都知道。」

「你怎麼處理？」

「什麼也不做。」

「那麼久？」

他笑了。「那還行？假如她雇偵探二十四小時，三班制跟我，她早就勝利了。但是她認為我像一般人一樣，偷腥一定在下午四時後到次日上午八時之前。」

「我明白了。」我說。

「你不明白的還多。」巴尼可說：「你替我集中精力辦好今天晚上的事。別搞砸了。」

「好吧，」我說，「我試著不把它搞砸。我們現在是準備去看姓康的小姐嗎？」

「是的。」

「康小姐會給我鈔票？」

「是的。」

「倒不是我喜歡多問，康小姐為什麼不把錢給你，讓你拿去給勒索者？」

「因為我說過我是為康小姐做事。這完全是康小姐的事，我要作齣戲。」

「怎麼樣一齣戲？」

「我要你幫忙，把那勒索者嚇個半死。」

我說：「老實說，我對這件事並不喜歡。這件事要麼我負全責，要麼我什麼責任也不負。我不喜歡來一個『兩頭馬車』。」

巴尼可說：「你今晚的一次工作，已經賺了五百元了。你做你的工作。我做我的。」我們轉入大馬路，停在帝王大公寓門前。

巴尼可轉向我說：「你要注意一點，這個康小姐，你可能是認識的，萬一你認出來了，可別吭聲。」

「你的意思是我曾經見過她？」

「這樣說好了；你可能在什麼地方見到過她。」

「銀幕上？」我問：「電視上。」

「反正是什麼地方吧。」他說，把車門打開。

「你確定要我跟了你上去？」

「絕對，講好了應該如此的。由她把錢交在你手上，再由你把錢交給勒索者。」

巴尼可看看自己的手錶，我看我的。我突然發現，在十分鐘之內，這已經是巴尼可第二次在看錶了。

我們乘電梯到四樓。巴尼可帶路，在門上敲門。一位幾個月之內我看到最最漂亮的女士幾乎立即把門打開。

「哈囉。」巴尼可說。

「哈囉。」她說。

巴尼可說：「這是位偵探。」

「請進。」她邀請地說。

這是一間非常好的公寓。

「這位是康小姐。」巴尼可說。

「康小姐，你好。」我說。

「請坐一下，」她說，「來杯酒如何？」

巴尼可快快地說：「我不認為這時應該喝酒。」他又看了下手錶，他說，「我們都準備好了。」

「那偵探知道他要做什麼嗎？」

「知道。」尼可說。

「不知道。」我說。

她看看我，又看看他。

我說：「有人告訴我，由我去付一萬元，要我拿回什麼呢？」

「小姐，」巴尼可說，「你來告訴他。」

「你拿回一張照片。照片是本月六日，上午九點半在休樂汽車旅社前面照的。照片裡有巴和我自己兩個人。他在幫我進入汽車。我們的臉清清楚楚可以看到，而且汽車牌照號也看得清清楚楚。

「此外，尚有一張該旅社的登記卡。上寫『巴尼可夫婦』，是巴尼可的親筆，登記時間是本月五日晚上十點三十分。」

「是登記時的原來卡片還是影印本？」我問。

「原來卡片。」

「那勒索者怎麼能取到的呢？」

「天知道！」

「照片是怎麼拍到的？」

「簡單，」她說，「那人把車停在停車場。當尼可把行李搬出來的時候，這個人把車子引擎打開。當尼可把一個箱子放在車後行李箱旁，轉回來幫我進車的時候，勒索者把車轉入車道。

「我們的車根本沒有後退的路，進退不得。我揮手叫他後退。尼可轉身向他叫『老兄，急什麼？』這一類的話。

「那人看來有點醉，也有點遲鈍。他坐在方向盤後傻笑。我們沒有見到照相機，但一定有一台隱藏在車內。」

「照片你見到拷貝了？」

「見到了。」

「登記卡呢？」

「也見到影印拷貝了。」

「要知道照片印起來一毛一打，印一千張也是可以的，只要有底片。影印件比照片更便宜，有了原來的登記卡，要影印多少都可以。我當然會向他要照相底片、所有已印出的照片；要登記卡原來的卡片，還有所有影印拷貝。

「旅社登記卡原卡，他是無論如何再也造不出來的了。但是他一定會保留幾張影印本的。

「他也可以把底片，和他說的『全部』照片給我。但過了幾個星期，別人又會拿張照片出現，也許說是在照相館做事的。勒索者的照片正好是在他那家照相館沖洗的。他本來不知道什麼，但是他看到了女主角想起來了，或是查車號查出來了。於是你們的勒索者又多一個了，又得另外設法擺平了。」

「這就是為什麼我們不自己辦，而要你替我們辦了。」她說。

「辦什麼？」

「辦到不可能再發生這種事。」

「可能要求過火了一點。」我說。

「我們也付得很多呀！」巴尼可說。

「你說這些事發生在六日的早上？」我問。

「是的。」

「只不過一個星期之前的事。」我說，「今天是星期一，十三號。」

「是的。」

「登記住店是在五號。」

「是的。」

巴尼可看看手錶。「我想唐諾已經都懂了，康小姐。」

「喔！你的名字是唐諾，是嗎。」康問。

我點點頭。

「很漂亮的名字。聽起來能幹、誠實。」

她又上下看我一下。

巴尼可不安地扭動了一下。

她站起來，走向看來一定是臥室的方向。她說：「我就出來。」

她進去不到三十秒鐘，出來的時候帶了一紮現鈔交給我。

我數一下，是一百張百元鈔票。

「要我給你張收據嗎？」我問。

她大笑，笑聲悅耳如銀鈴。「老大！我只要快快完事。」

「一萬元不是小數目。」我說。

「我知道，」她說，「但是對我也不像你想像中那麼嚴重，反正攝影棚裡種的是鈔票。」

「什麼攝影棚？」我問。

「別告訴他。」巴尼可說。

她說，「為什麼呢，小尼可？」

「他根本沒有認出你是什麼人。」尼可說。

她笑向我說：「我想我是不該這樣說的。」

巴尼可說：「唐諾，可以走了。」

我站起來。

康小姐把手給我。「祝你好運。」她說。

「我實在也真需要。」我說。

巴尼可把門打開，催促著我跟他走上走道，四分鐘之後，我們已坐上巴尼可的大跑車了。

「鈔票在你身上了？」他問。

「鈔票在我身上沒錯。」我說：「我能不能對你說明一件事？」

「什麼？」

我說：「這些錢由我保管，只有在我認為滿意的時候，才付出去。」

「我無所謂。」

「我是說，我不滿意，誰也別想拿走它。」

他把兩條眉毛抬起。

「誰也別想，」我說，「尤其是絕不會被人假的趁火打劫。」

「怎麼會想到有人假的趁火打劫？」

「說說而已。」我說：「以往也曾發生過。」一面說，我一面把留在汽車裡的手提皮箱打開，拿出一把點三八口徑，短管翹鼻，藍鋼轉輪手槍，把槍塞在我褲後腰上。

巴尼可認可地點點頭。「唐諾，你倒是一本正經的。」他說，「滿像回事的。」

我什麼也不說。

我們很快地開車到了史迪蒙大旅社。

旅社近處有一個停車場，巴尼可在自動收費機裡拋進五角的一枚硬幣，抽出了一張停車票。

我們把車停進一個空位，巴尼可看一下手錶說道：「請等一下。」他走出車去，沿了停車場整個走了一圈。走回來，坐進車子，等著。

「我們現在做什麼？」我問。

「等。」

「說好在這裡付款?」

「不在這裡——在旅社裡。」

「我們還等什麼?」

「等我通知你。」

我把短銃的手槍拿出來,放在手中,只要隨便一轉方向隨時可以指向巴尼可。

巴尼可好像完全沒有注意我的動作。他把引擎熄了,燈熄了,靠向座墊,找了一支香菸,用車上點菸器把香菸點著,想想不妥,把香菸在車子菸灰缸裡弄熄,把菸灰缸推回原來位置。

我坐在那裡等,手槍在手裡有極好的平衡感。

我們又等了十分鐘。

半打汽車進場停車,兩輛汽車出場。

然後一輛轎車進場。巴尼可突然自車上坐直。

進停車場的駕車人,把車子停在我們停車位的三個車位之外,離開車子,看看錶,急急走向旅社方向。

巴尼可等男人離開了停車場，他說，「ＯＫ，賴。現在你的事來了。」

他把車門打開，我帶了我的手提包下車，把手提包移由左手攜帶，一萬元在手提包中，右手放在衣袋內，握著的手槍指著巴尼可。我們就如此離開停車場，來到旅社。然後我把手槍拋進手提箱。

巴尼可帶路。

我們走向櫃檯。巴尼可說：「有沒有一位武星門先生在這裡住店？」

「有，有。」職員說：「事實上武先生才進來。七二一房。」

「能接個電話上去嗎？」巴尼可問。

「我看他還尚未到房間呢。他才上電梯不久。」

「那也好，」巴尼可說，「他在等我們。我們自己上去。」

「但是我一定得先通知他。」

「沒問題，你通知你的。」巴尼可說，「給他點時間等他進房間。告訴他，他等的兩個人到了。」

巴尼可前行來到電梯。我們到七樓。

一個男人在電梯旁等我們。我看他大概四十歲。他瘦小，留著灰色小鬍子，像個成功的銀行家。他冷冷的眼光，藍藍得像是冰的結晶。

他看看巴尼可，又研究地看我。

「我以為你會在房裡。」巴尼可說。

「我在停車場見到了你，所以在這裡等你。」

「你不可能見到我們的。」巴尼可說。

男人笑了，像是機器人發出來的金屬聲。「那我怎麼在這裡等你呢？」

巴尼可不回答。他告訴我：「這是武星門。」

武星門對巴尼可說：「東西帶來了嗎？」

巴說：「在他那裡。」

「好吧，」武說，「我們去房裡。」

他帶路走上走道。

我們來到七二一室，巴尼可停在房門口。

武星門繼續前走。

「到了。」巴說：「不是七二一嗎？」

武星門搖搖頭，招手叫我們跟過去。

我們又走下走道，來到七一五室。

武星門拿出一把鑰匙把門打開。

「怎麼回事？」巴尼可問。

「幹我們這一行，要很小心。」武星門說：「我用自己名字租七二一，用別的名字租七一五。我把鑰匙放口袋裡，要知道，我一個人要對付條子、私家腿子、錄音機、旅社偵探、秘密證人，不小心行嗎？」

武星門把門打開，「請進，兩位紳士。」他說。

我讓巴尼可先行。我把手提包向上提一點，使手槍又和我右手接近半呎。

「請。」武星門催著道。

「你先進去。」我說。

他猶豫一下，大笑地說，「好吧，謹慎總是對的，不怪你。」

他走進去。我跟進去，把門一腳踢上，把門閂閂上。

「別怕，」武星門說，「我們是談生意的。假如我要欺騙你們，大家不會三頭六對面。紳士們，請坐。」

我們坐下來。

「錢帶來了？」武星門第二次問巴尼可。

「他帶來了。」巴說，一面用頭向我的方向一點。

我把一萬元自手提箱拿出來。相當大一紮，一百張一百元的鈔票。

武星門眼睛閃光，伸手去拿錢。

我說：「想來你也有東西要交給我吧？」

「喔，對不起。」武星門說：「我是焦急了一些。」

他走向五斗櫃，用鑰匙打開抽屜。

他在辦這些事時，我伸手入手提箱，把隱藏的錄音機打開。

武星門轉身向我，一面打開自抽屜中拿出來的一個馬尼拉信封。

「這是三張八乘十吋的放大照。」他說：「底片只印了三張，全部在這裡。」

我審查這照片。休樂汽車旅社招牌清清楚楚。女人的面孔，巴尼可的臉自肩上側向鏡頭，車後行李箱的箱蓋開啟著。巴尼可顯然才把一個箱子放入車後的行李箱，另一個在地上。汽車牌照號清清楚楚。巴尼可在幫助康小姐上車。

武星門又自馬尼拉大信封中取出一個小口袋。他說：「這是兩張底片。」

底片是三十五釐米的，非常清楚，顯然是由名貴相機所攝的底片。

「兩張中比較清楚的一張，曾用來翻印。」武星門說：「另外一張根本沒有翻印過。」

「所有印出來的照片都在這裡？」

「只有一張交給巴先生的，不在其中。」

我點點頭。

「這是原來那張登記卡。」武星門繼續說：「你看，這是休樂汽車旅館，巴尼可先生和夫人。時間是本月的五日，照片是六日上午，兩人離開時照的。」

「登記卡有沒有照相，影印？」我問。

「只有我們給巴尼可看的那一份照相拷貝。底片在那另一個小口袋中，是三十五釐米底片。」

「我們怎麼能確定你講的是真話？」

他微笑道：「你也只能相信我這一次了。我是個有信用的人。」

「有信用和勒索，一輩子也搞不到一塊去。」我說。

「這種說法我不喜歡。」他說：「我也不喜歡你用的字眼，更不喜歡你的態度。這不是勒索。」

「那麼是什麼呢？」

「這是一個給他們收購照片和證物回去的機會，我對他們也可以說非常給方便了。事實上，還是有人願意付超過一萬元代價的。」

「但是你願意賣給出錢少的？」

「賣給合適的人。」

「為什麼？」

「因為我有一件急用，一定得馬上要一萬元。我所定的價格，與其說是市價，倒不如說是我自己急需用款的價格。」

「好吧！」我說：「你不喜歡我用勒索這兩個字。你自己是一個極好的攝影師。你出了什麼紕漏，你急需一萬元鈔票。你自己對於用這種方法取得款項也不是十分高興。但是你必須面對現實——你急需錢用。」

他點點頭，「大致如此。你比我自己還要明白。」

「你想我是什麼人呢？」我問。

「我認為你是代表有利害關係的人的律師。」

我說：「我的職業也不見得和本案有太大關係。我是來確定，付款只有一次。今後絕不可能有第二次付款的。」

「我向你保證不會。」他低聲地說。

「用什麼保證，你的名譽？」我問。

他開始點頭，然後臉紅地說：「這是什麼，諷刺嗎？」

「這是一句問話。」

「我用名譽保證。」

「保證你絕對不會再度使用這些證據，做任何事嗎？」

「我把證據都交給你了，我還可以做什麼？」

「也許尚有其他底片，其他拷貝。」

「沒有的了。」

「看起來你絕對不會再利用任何事向他們要錢，或是聯絡別人用這件事要錢？」

「絕對正確。」

「那麼，」我說，「我想採取一些必需的手續，確保你不會改變想法，或是確保不會又出現什麼底片、照片。你不會反對吧？」

「隨便你，你愛怎樣就怎樣。」他說。

「好吧，」我說，「第一，我要看你的駕照。」

他猶豫一下，然後自口袋拿出一個皮夾，自皮夾中取出一張駕照交給我。

他的名字是武星門。

我走向房間裡的桌子，打開抽屜，裡面有印有旅館名字的信紙信封。我拿了幾張紙回來，放在武星門前面。

「這幹什麼？」他問。

「這是要你開一張收據，也要你保證今後我的雇主不會受到任何的不便。」

「我用什麼方法來保證呢？」他問。

我說：「我來說，你來寫，用你親筆寫。先寫下今天的日子，今天是十三號。」

「好吧，要寫些什麼呢？」

我慢慢地說：「茲有本人，武星門，自賴唐諾先生處收到現鈔壹萬元整。該款是交換我交給賴君，有兩個人在休樂汽車旅館前裝載行李上汽車的照片及底片。

「照片是六日上午所照。我已把照片及所有證物交予賴君。已再也沒有自該底片印出之照片；也再沒有其他底片了。

「本人也同時交付了一張該旅館五日的登記卡，及該登記卡的照相副片。登記卡為正本。除了曾印一張交付賴君雇主外，沒有印過其他拷貝。

「本人因故急用現鈔壹萬元。由於本人無法獲得此項款項，本人不得已走上勒索一途。」

「我反對用這兩個字。」武星門反抗地說。

「喜不喜歡沒有關係。寫出來就好。」我說。

他臉紅地說：「為什麼要聽你的？」

「我也不一定要給你一萬元。」

「我也不一定要給你照片。」他說：「我別的地方也找得到買主。」

「請便。」我說。

「你一定得講理。」他說：「你看我對你有多講理。」

「我本來就講理的。」我說：「我要你這樣寫，如此，你就不可能再弄些照片出來要鈔票，或再有什麼人突然冒出來自稱是照相館的人，而你不知道他也印了些照片，不過他也想要一些錢。」

「我告訴過你，我不喜歡『勒索』這兩個字。」

「我告訴你不寫就不給錢。」

他猶豫了半晌，然後怒氣沖沖地照我所說寫了。

「很好，」我說，「簽上你的大名吧。」

他簽名。

「下面寫上，我駕照號碼是多少多少。」

「有這必要嗎？」

「當然，我要的是沒弄錯人。」我說。

「你要的真多。」

「你要的也不少。」我告訴他。

「自從我進入這個房間，我放棄太多自尊了。」他說。

我聳聳肩，我說：「假如你真是謹慎，光明磊落的人，這一次你肯為了一萬元做這樣一件事，也一定是山窮水盡，真的急需這筆錢了。」

「好吧，」他說，「算你狠。」他把駕照號碼寫在名字下面。

我自手提箱拿出一個黑墨印盒，我說：「現在我要你印上指紋。」我說，「十個手指都要。」

他跳起來，喊道：「豈有此理，你太過份了！」

我把一萬元放回我的手提箱去。

「我已經給你那麼多了。」他說：「你所有的保護應該已經夠了。」

我坐在那裡，什麼話也不說。

他看看巴尼可。

巴尼可說：「唐諾，指紋的事可否免了？」

「不行。」我說。

「我是你的雇主，我想我有權告訴你，這件事不要太挑剔了。」

我坐在那裡，什麼也不說。

武星門突然打開一個抽屜。

巴尼可急急地說：「星門，他也有槍。」

武星門慢慢把抽屜關上。

三個人都坐著不動。

最後，巴尼可說：「一萬元你可以做不少事。你可以出國。賴唐諾這樣做是為我好。這些指紋他不會交給警方，他會交給我。」

又是一陣靜默。

慢慢地，心不甘，情不願地，武星門把手指逐一按向黑墨印盒，又按向紙上。

我看看寫好的紙，摺一下，放進我的口袋，把一萬元交給他，把照片、底片、登記卡放回馬尼拉信封，把馬尼拉信封放進手提箱。

「好了。」我說：「現在我們可以看看我的錄音機好不好了。」

我把錄音機自手提箱中拿出來。

武星門生氣地瞪視我，眼露凶光，一下把椅子推後。

「星門，你還是坐下來好。」我說。

「你不能這樣對待我！」他口吃地說。

「我已經這樣對待你了。」我告訴他。

我把錄音帶倒回，把聲音放出來，音效良好，又清楚、又響亮。

我點點頭，把錄音機關上，放回手提箱去。「記住，我有你自己簽的自白、有你的指紋、有所有事件進行時的錄音。」

我轉向巴尼可，我說：「我們要的都有了，巴先生。」

武星門站起來。「我覺得你非常不客氣。」他說。

巴尼可抱歉道：「非常抱歉，星門。我本意不是如此辦的，但是我告訴唐諾我要的是一勞永逸，絕無後遺症。」

「和我打交道，可不是和勒索者打交道。」武星門說。

我不吭氣，關上手提箱，把房門打開。

我走上走道。巴尼可跟進。武星門把門砰一下關上。

巴尼可轉向我說：「你一定要對那個人那麼做嗎？」

「你要我把事辦好，」我說，「我盡力去辦。即使如此，尚還不知是否已辦好。我現在怕的是他會把另外一套拷貝弄到你老婆的律師那裡去。」

巴尼可的下巴下落，他說：「武星門根本不知道我已婚。我不是一直在告訴你，我們在替康小姐工作嗎？」

「但願如此。」我說。

我們自電梯下去，來到巴尼可的車旁。

「你現在可以把照片給我了。」巴尼可說：「我也要錄音帶、他的自白書和指紋。」

我說：「我要把證據交還給付我錢的人。」

「康小姐？」他不相信地問。

「當然。」我說：「你需要的是使她永遠不再受更多勒索的保證，我已經盡我可能辦了。是康小姐交給我一萬元，康小姐得所有證據。你也一直告訴我這件事是為她，我們都為她工作。」

「今晚你見不到她。」他說。

「為什麼？」

「我——這不太方便。」

「那麼我把這些東西保留到方便的時候再說。」

「你要注意了，賴，你不能這樣。這件事中，我是聯絡人。」

「假如你是聯絡人，」我說，「一萬元就該由你交給我。但是不知什麼理由，有人對你不投信任票；所以，我也不會信任把證據給你。」

「賴，你真是非常不合情理。這件事根本不可以這樣解決。」

「應該怎樣解決？」

「康小姐要保護我，她要我不牽涉在內，要我置身事外。」

「好吧，」我說，「我也要保護你，也要叫你置身事外，你把我在我辦公大樓門口放下來好了。」

巴尼可用生氣的敵意看向我。「你這個婊子養的！」

「當然，除非你要帶我回康小姐那裡去。」我說。

他不聲不響靜靜地開了一段時間車，突然說：「賴先生，你可以信任我。我是你的雇主。我是到你辦公室來找你的人，我是付你訂金的人。你賺的五百元來自我的口袋，你是為我工作的。」

我說：「一萬元是康小姐給我的。康小姐要這些證據。」

「我告訴過你，她是為了保護我。」

「只要她親口告訴我，可以把證據交給你，我無所謂。」

巴尼可說：「你這樣說，你們公司會惹麻煩的。」

「哪一種麻煩？」

「你們的執照。」他說。

「有什麼花樣可以全部使將出來。」我告訴他：「我們習慣於這一套。」

他沒有接口，我知道他在猛想。

他把我帶回辦公室大樓，在門口放我下來。我把手提箱帶上樓，放在辦公桌上，打電話到帝王大公寓。

「我要接四〇五公寓。」我說。

「四〇五是空房。」接線生回道。

「你弄錯了，小姐，我不久前才自那房裡出來。」

「喔！康雅芳小姐是租了二十四小時這間公寓。我們的公寓是出租的，也可以一天天租，也可以長期租，你知道。」

「是的，我知道。」

「她有事突然被叫走，一小時之前才離開。」

「謝謝你。」我說，把電話掛了。

我把箱子打開，把馬尼拉信封連照片，一起鎖在我們辦公室保險箱裡，歸我使用的特別一格裡。

第四章　態度丕變

早上九點，我打電話給卜愛茜。

「白莎來了嗎，愛茜？」我問。

「是，在辦公室裡。」

「有沒有拚命拉頭髮，把自己變成禿子了？」

「沒有呀！她在那裡好像滿對勁。她居然在進門的時候還向我道早安呢。」

「我看一小時內她會把天花板都冒火燒掉。」我說：「我有一些跑腿工作要出去，十點才來上班。萬一她問起，就說我出去查證一件案子。」

「ＯＫ，老闆。」愛茜說。

我又去史迪蒙大旅社。武星門已在昨晚遷出。我跑了好幾個影視角色代理公司。他們有康雅芬，康小雅，康霞芳，沒有一個合乎我見過的康雅芳。也不是任何一個公司想為她的名譽作任何掩飾。

我來到休樂汽車旅館，表明自己的身分，請他們給我看五號的登記。沒有巴尼可夫婦的登記。他們堅持原始的登記卡片都在，不會掉的。

他們當然會如此堅持的。誰家也不會承認自己的登記卡會有可能被別人偷竊掉的。

旅館經理近月脾氣不佳，近處一幢十多層的出租公寓正在建造。鋼板一層層在焊上去，不但街上停滿了來趕工工人的汽車，而且有大的車輛帶來大批建材，每天早上從八時開始，喧聲吵人，知道情況的熟客都已不再前來。

我走到停車場，用腦子重組當天發生了什麼情況。我研究，巴尼可把車停在哪裡裝行李，勒索者又把車停哪裡準備出動。

站在我站的地方，我可以看到休樂汽車旅館的頂上霓虹燈的鋼桁。

我原諒經理不高興的原因。在對面工程未完工前，他是怎麼也高興不起來的。等對街公寓大廈造好後，這裡地價應該會上漲的。

當然汽車旅館的房地產身價也會不同了。但是這經理是包了這旅館在工作的，合約再有十八個月就要到期，到時候這塊地做汽車旅館顯然划不來了。地主不會續約了。

總而言之，我看得出他個人的困難。他慍怒不合作也是人之常情。換了我，我也沒有理由為別人事操心。

我想到在辦公室等著的柯白莎。她下巴向前戳出，牙齒恨恨地咬著，我明白，我回去的時候將有我自己的麻煩。

十點三十分，我回到辦公室。

接待小姐告訴我說：「白莎說你一回來就要通知她。她要立即見你，那是要緊事。」

我猶豫了一下，走向白莎的私人辦公室。

我準備接受狂風暴雨的一擊，吸口氣把門推開。

白莎微笑得有如一隻波斯貓。

「你溜到哪裡去了？」她問，但是還在微笑。

「工作，」我說，「跑腿工作。」

「辦哪一件案子呀？」

「巴老闆的案子。」

「鈔票付出去了嗎？」

「付出去了。」

「證據啦什麼的都拿回來了嗎？」

「是的。」

「你認為勒索者會再第二次咬他一口嗎？」

「不會。」

「那就好。」她歡快得嗚嗚似地說：「我已經約好了宓善樓警官。我告訴他我們偵探社為巴氏餐廳幹了一件工作。我們受邀可以帶兩個其他客人去他店裡，由店裡請客大大吃一頓。雞尾酒啦，開胃菜啦，最厚的菲利牛排啦，香檳啦，餐單上有的都可以免費叫來吃。說不定還可以自己到廚房裡去看看有什麼最新鮮的。」

「他怎麼說？」

「他說聽來是好主意，又問你會不會去。」

「你怎麼說？」

「我告訴他，當然也要去！我告訴他工作是你幹的，你出面辦理的。」

「他怎麼說？」

「他……」白莎說：「他說他極願意充做我的男伴。但是我知道他心中有些疙瘩，因為，有好幾件案子他對你有錯誤的判斷。他說，你的毛病是愛走偏道，你總想撈點油水……你到底是不是真要帶你那月亮眼的女秘書一起去？」

「不見得，我想她不會太喜歡那種場合的。我會挑一天自己出錢請她出去吃飯的。」

「我和你打賭，你一定會帶她去。」

「另外還有個原因，我不會帶她去。」

「什麼理由？」

「和你馬上會打電話告訴宓善樓宴會取消了，同一個理由。」

笑容自柯白莎臉上消失。她嘴巴抿成一條橫線，她眼中露出不高興。

「你亂謅什麼？」她問：「我以為你說你工作幹得十分俐落。」

「我是呀。」

「那就好了，吃飯是說好的酬勞的一部分。」

「巴尼可有打電話來嗎？」我問。

「沒有。」

「他會的，」我說，「他會打電話給你，告訴你宴會取消了；又還會說我是『XXX』，說我們偵探社欺騙了他，他會要求退錢。」

「怎麼會？」

「因為我沒有照他的方式來玩。」

白莎的臉垮下來了。「豈有此理，唐諾。那巴尼可是個好客戶。」她說：「你為什麼又犯老毛病自作主張，巴尼可這種客戶我們應該培養，我們……」

電話鈴響。

白莎猶豫半晌，一下抓起電話，她說：「喂，什麼人？……」她靜聽了一會兒，說：「喔，是的，巴先生！」

她用鬥牛時，牛對紅布怒視的眼光看我，等著聽。

漸漸地她的臉色轉回正常，嘴角扭成微笑。「那樣很好，巴先生。」她說，「我們會去的，八點鐘怎麼樣？可以……不，我還沒時間和他談這件事。他才進來……原來如此……那宓善樓會很高興和我們一起去。我把實況告訴他了。我告訴他我們替你做了一件工作，你邀請我們去你店裡吃飯，所有的一切都是店裡請客。牛排、香檳、開胃菜，反正所有的一切……好，那樣很好……謝了，我會的，巴先生……是的，他是的……他喜歡用他自己方式辦事，但他的方式結果總是對的……是的，不錯的……那麼八點正……喔，我看我們這些人每人最多只要兩杯雞尾酒……是的，是的，再見了。」

白莎抬頭看我，眼睛裡充滿迷惘。「為什麼你認為他在生氣？」

「昨天我離開他的時候，他在罵我是婊子養的。」

「你對他幹了什麼？」

「沒有呀，我沒有完全依照他要我做的方法辦事。」

「這一點他告訴我了。但是他告訴我你很聰明；你所辦的一切，使勒索的人不可能再來嘗試了；他越想越明白，你替他做了件多正確的工作。他問我有沒有邀到宓善樓警官……另外……反正你已經聽到我在說什麼了。」

「我只聽到你這一頭講的話。」我說。

「他的那一頭很親切的，他很親切。」

我說：「我不喜歡這樣。」

「為什麼？」

「昨天晚上他生氣生到發瘋了。」

「為什麼？」

「那拿去付勒索的錢，是那女人交給我的。我付了款，拿到了證據。巴尼可說他是我們的雇主，他要我把證據交給他，我說：『談也不要談。』」

「證據現在在哪裡？」

「在我們保險箱裡。」

「不過他也付過我們鈔票，你為什麼說不能把證據交給他呢？」

「錢是巴尼可付我們的，他付錢給我們的目的是要我們保護那女人。本案中，那女人交給我一萬元，我把這筆錢換證據回來。」

「我明白了。」白莎說。

我說：「這裡面是有差別之點存在的。」

「但是，假如他和那小姐是相愛的。兩個是一家的，就沒有問題呀。」

「相愛，」我說：「是短暫的。有的時候是非常短暫的。」

白莎說：「是的，我想你的做法是對的。經你一說，現在我相信巴尼可也懂了。他說他想了一晚上，他說你做了一件聰明事。」

「我不喜歡這樣。」我說。

「不喜歡什麼？」

「巴尼可說我做了一件聰明事。」

「你是做了一件聰明事，是嗎？」

「我認為是的。」

「那麼，你為什麼不喜歡這樣呢？」

「巴尼可主意改變得太快了。而——我不喜歡他這種行為。」

「為什麼？」

「我也不知道，就說是靈感吧。這頓飯可能是他真正的目的。」

「不要錢的，是嗎？」白莎問：「不付稅的，是嗎？老天，唐諾，你知道我一直要減肥，這有什麼用？不論我多努力，我總是一百六十五磅，這一次你別洩我氣，我要悶了頭狠吃一頓。」

我說：「看起來巴尼可要你去吃飯的渴望，比你吃飯的渴望還要強得多。這頓飯不知什麼原因，對他重要得很。」

「這一點他光明磊落，」白莎說，「他說過有人在注意他的餐廳。假如花邊新聞說柯賴二氏宴請宓警官，選的是巴氏餐廳，對他很有宣傳力度的。」

「ＯＫ，」我說，「我要說的反正說過了。你還真要去？」

「我要去，」白莎說，「你要去，宓善樓也要去。假如你要帶你那月亮眼的女秘書，我會儘量對她友善一些。」

「你要對別的女人好，」我說，「那等於是一台混水泥的機器要踮起腳跟來走路一樣。」

「你給我滾出去！」白莎生氣地說。

我開始走向門去。

「宓善樓會來接我，帶我去巴氏餐廳。」她說：「我們會在八點鐘和你們在那裡見面。」

「你要我和你們一起去嗎？」

「不要！」她簡短地回答。

第五章　反擊的預告

午餐之前，電話響起，卜愛茜接聽後轉向我說：「一位武星門要和你說話，他說你認識他的。」

她疑問地把眉毛抬起來看向我。

我點點頭，自我私人辦公室拿起電話，「哈囉。」我說。

武星門的聲音自彼端傳出道：「哈囉，凱子。」

「你在和什麼人說話？」我問。

「賴唐諾。」他說。

「是的。」我告訴他。

「凱子，」他說。

我什麼也不說。

「昨天晚上你以為你很聰明，是嗎？」他說：「我只要告訴你，這件事你自己混在裡面，混得有多深。」

「你是沒有什麼特別原因，只是嘔嘔我，」我問：「還是想要什麼特別東西？」

他說：「既然你提出了這一點，我倒是要一點東西，而且我說要，一定能要到。

「你昨晚上自以為聰明，甚至欺騙了你自己的雇主。你自己把門戶開放了，我要給你一下黑虎偷心。

「昨晚把柄在你手，你作威作福。今天情況改變了，我當道了。你出了一個自以為聰明的大紕漏，我要反擊了。當你的雇主知道我要怎樣對付他時，他會把血都吐出來。當你的雇主吐血時，你的名譽、你們偵探社的名譽就到抽水馬桶去了。」

武星門在另一端咯咯地笑，笑得嘶啞難聽。

「我能問問題嗎？」我問。

「你可以問問題。」他說：「至於我要不要回答你，則要看我高不高興。」

「你打電話給我是為什麼？」

「讓你回憶一下昨天有多神氣，然後我會打個電話給你雇主，到時你雇主會打電話給你。」

「我雇主什麼時候會打電話給我呢？」

「暫時不予置評。但你在午夜前會見到他急得要死地在找你。」

「你說你要點什麼東西？」我說。

他笑著說：「你仍舊在耍你老的私家偵探技巧，所謂讓對方講話、自己不要生氣、不要慌了手腳，拖延，讓對方講話——也許你有個助手正在查電話是自什麼地方打出來的——我根本不在乎。我可以告訴你我是從什麼地方打電話給你的，我甚至可以給你電話號碼。」

他停下。

我說：「那倒不必，我只是要知道你心裡在想什麼？」

「好吧，」他說，「我告訴你一些好了。我不喜歡昨天你要我指紋這一套。」

「我就知道你為這件事不高興。」

「你一定要我指紋，我真的不高興，我不高興你就有麻煩，很多麻煩。」

「我有麻煩？」我問。

「是的，你有麻煩。」他說：「當然是指巴尼可有麻煩，他的麻煩就是你的麻煩。」

「指紋又如何？為什麼那麼在意呢？」

「只不過是不喜歡這個概念而已。我又沒有前科。你也不可能憑指紋把我牽連進什麼事件。我就是不喜歡這概念，這做法。我告訴你，賴，我要拿回我簽的那張紙條。我會給你一張一萬元的收條，假如你肯遷就我這一點，我就對你保證絕對不會再向任何人或巴尼可拿一毛錢。我要拿回我簽的字和指紋，並且要你保證，你絕對沒有影印、照相我給你的紙上文字。我也要你親自向我道歉，你昨晚對我如此無禮。」

「假如你得不到你要的東西呢？」我問。

「你會自己希望，對你有利時，你沒有那麼無禮，沒有那麼自作聰明。不過，我不像你，我會給你留下面子。我會讓巴尼可命令你把東西退還我，連同指紋。」

「你已經和巴尼可談到這件事了嗎？」

「還沒有，但是我一定會的。」

「什麼時候？」

「今晚，某個時間。」他說：「我只要向巴尼可說，他就非照我方法做不可。等我給你顏色看時，你要不對我道歉，你就只能做個倒楣的王八蛋。」

他把電話掛了。

我把話機放回電話鞍座，向在鄰室我自己私人接待室中的愛茜說：「假如武星門再來電話，告訴他我很忙，沒有時間和他磨菇。你有沒有把電話錄音？」

她點點頭，她眼睛張得大大地說：「唐諾，聽起來滿有危險性的。」

「只是裝成有危險性而已，」我說：「一個勒索者，還不是說得多，能做得少。」

我向她又保證地笑一笑，離開辦公室。

第六章 謀殺

巴氏餐廳是一個富麗堂皇的用餐場所。一架大的霓虹燈，亮出「巴氏餐廳」三秒鐘，然後改變為「牛排燒烤」。

有四、五個小弟，在門口代客停車。

我把公司車停向一個穿制服的。

他說：「尊姓？」

我說：「賴唐諾。」

「喔，是的，賴先生，前面的人都奉命要好好照顧你。你的車會停在特定最方便位置，隨時隨地可以開出去。」

我付他小費，他用手一推，他說：「領班有命令，小費不收。」

我進門去。

客人都在大廳裡等著，等候領台。連酒吧也是滿的。

巴尼可站在一本預定冊子前面。他跑步出來迎接我。「好極了，好極了，賴！你能趕來我真高興！你的合夥人已經來了。我們在二樓給你們留了一張桌子。」

巴氏餐廳共有三層樓，還有電梯。

巴尼可親自把我帶到電梯口。

「希望你能忘了昨天晚上一點小小不愉快，賴。」他說。

電梯門打開，他跟我進電梯，按了二樓的鈕。

電梯慢慢上升。

「昨天晚上我太緊張了。」他解釋道：「事情一件件出來。在我仔細想一想之後，我非常欣賞你做事的原則。我想這一下一勞永逸了，不可能再受他威脅了。」

「昨晚你好像很不高興。」我說。

「那是真的。」他承認，過了一會兒他說：「昨天而已。」

電梯停下，電梯門開啟。巴尼可行禮如儀地把我領到一間很大的大廳。沿了大餐廳周圍的一圈是掛了垂簾的火車式卡座，中間約有二十張桌子。在卡座裡的人不會有人打擾。在中間的部位吃飯，大家都看得到，有人故意喜歡炫耀，還故意要訂在中間。

我們今天是來供大家觀賞的。柯白莎和宓善樓早已眾目昭彰了。

巴尼可像一回事地把我引到桌旁，站在椅子後手拿椅背侍候我入座，而後自己退下去，走向電梯。

宓善樓警官自他的雞尾酒杯向上望來。

柯白莎有禮貌地笑一笑。

宓善樓說：「哈囉，小不點兒。」

我笑一笑，「今晚怎麼樣，警官？」

「愉快，友善。」善樓笑著說，「只是肚子餓了。」

善樓把雞尾酒杯舉起。「我不應該違規的。」他說：「今晚我還是特勤值班，但是我餓死了，我中午都沒吃東西。」

「我也沒有。」白莎說。

我自己坐坐正。一位侍者過來，有禮地說：「先生，你們的菜色已由老闆點好了。請問你要什麼雞尾酒……」

「曼哈頓好了。」我說。

侍者一下就把雞尾酒送來了。我舉杯，向柯白莎和宓善樓點頭微笑。

「為犯罪乾杯。」我說。

他們舉杯和我共飲。

一位侍者把一盤開胃菜放在桌上，魚子、熱的起司，洋芋片，另有一盆口味極佳的沾醬。

自此後一切程序進行很快。一位侍者帶上一只銀桶，裡面是一瓶好的香檳。

宓善樓滿意地笑著向後仰。他說，「這才是人生！小不點，你們替姓巴的幹了一件什麼樣的案子？」

「沒什麼，」我說，「我替他交了一筆款。」

善樓的眼神露出了興趣。「勒索嗎？」他問。

「不是吧，他不過是無意介入的。我是為另外一個人工作，但是巴尼可很感激。」

「看得出他很感激。」善樓說，「你多找一些這種雇主，有飯吃不要忘了我呀。」

「當然，」我說，「少不了你的。」

突然他敏感起來，他說，「你手腳要乾淨噢！」

「我會儘量的。」

「你太聰明了。」善樓懷恨地承認道：「有時我想你聰明得過頭了。」

「我可一點也沒有傷害到你噢。」我告訴他。

「沒有。」善樓想一想，承認道：「你倒沒有傷害過我；甚至你好幾件案子中對我不錯，不過也把我嚇得半死。你喜歡在薄冰上溜來溜去，還要拖著我走。目前，雖然你還沒有讓我泡水，但是腳下的冰可裂得咯吱咯吱的。」

我不去和他爭辯，反正這是個社交場合。我啜飲著我的雞尾酒，什麼話也不說。

晚宴依正常速度前進。龍蝦盅的蝦肉又嫩又多汁；洋蔥湯；一道沙拉，又鮮脆，又留香；之後就是牛排。香檳像水一樣向下灌。

牛排的烤製是大師之作。菲利牛排足有兩吋半厚，外面有條狀的烤燒痕，裡面是三分熟的肉，全部透著紅色，看得出是炭烤的。

牛排刀快得厲害，切過去既不傷害肌肉纖維，也不會把牛排裡的肉汁擠出來。牛排又是那麼的多汁，兩三刀切下去，盤子底下紅紅的牛排汁水已經鋪了一層。

白莎旁若無人地把大蒜烤的麵包沾起汁液來吃，過了一下我們也跟著她樣照辦。

另外還有烤的洋芋，由於我們不斷的加倒，香檳的汽泡一直滿到了香檳杯的頂緣。

白莎和善樓開始感到愉快了。

我自己並沒有感到不好，只是我努力控制自己，不使過分。這頓飯不一定很容易吃。我不喜歡。

白莎和善樓兩個人，每次眼神相遇都相對微笑。這兩個固執、斤斤較量的鬥士，今天與世無爭，而且他們肆無忌憚，要全世界都知道他們不在乎。

我保持自己不發言，也不混進他們的對話裡去。

我們的桌子是被安排在大廳正中央的。廳裡每一個人都可以見到我們，也知道我們在大吃大喝——每一個人都可以見到，除了在卡座簾後的人。

卡座多半為一對對的人所設，這些人言行謹慎地由侍者帶路進去，一旦進入，侍者立即將布簾垂下，非必要絕不打擾。

比起大廳中央燈光輝煌，大廳邊緣是陰暗的一面，而我們是在照明最亮的部分。

餐廳生意興隆。大廳裡每一桌都是滿的。好幾桌都是大大有名的人物，其中一位是方塊專欄作家尹科林。

一位侍者來到桌旁，「賴先生，你能接一個電話嗎？」他問：「電話中的人說是生死攸關的大事。」

我向同桌兩位道聲歉，站起來。

白莎和警官幾乎沒有注意到我離開了。

我跟了侍者來到大廳外走道上的電話旁。

我拿起話機說：「哈囉。」

一個緊張、高半度的聲音說：「這是設好的一個圈套！你不要走進去呀！要當心呀！是個陷阱。」

「什麼呀？」我說。

「別太老實，有人在害你呀！」

對方把電話掛上了。

我花了點時間問餐廳的接線生，試查電話來源，沒有結果。

過了半晌，我就自己摸索向回跑。

一個高挑身材的女侍者身影，出現在大廳較暗部分我的視野裡。她專家姿態托著餐盤自對面走來。大餐盤的一部分托在她右手手掌上，一部分靠在她右肩上。她的身材真是令人激賞。

我正好擋住了她的路。

她無助地四周在望，我背靠向一個卡座的布簾，布簾也不過分開了一吋或兩吋。我只是退進卡座不到半個身體，讓點路給她而已。

她給我一個有如擁抱的一瞥，以示感謝。她說：「你真好，謝了。」

不知道卡座裡有沒有人，不過我還是不回頭地說：「對不起，我只是讓路給女服務員。」

女侍者經過我前面，我回到我們自己的桌去。白莎在說話，宓善樓紅著臉，我坐下去，他只是看了我半眼。

另一位女侍者走進十三號卡座。十三號卡座就是我退進去過半步的卡座。她托著一個餐盤，裡面是糖醋排骨、米、麵等中式晚餐。

她推開布簾時，我正好看到她。

她向內看了好一會兒，退後半步。

突然她尖聲大叫，恐怖而破空的大叫。

然後，她擺動了一下；雙膝一軟倒下來，一餐盤的碗、碟、盅、盆摔破在地上，聲音和她的大叫一樣驚人。

卡座的布簾恢復原位。

全廳突然鴉雀無聲。客人互相對望，又看向倒地的女侍。一個人跳起來，奔向那女侍者。他彎身向她。

領班的不知從什麼地方突然鑽出來。繞過在地上的女侍及摔爛的中菜，分開布簾，向裡看去。

宓善樓看向我問：「你在那邊和女侍者搞七拈三什麼？」

「什麼也沒有呀。」我說。

「你在吃人家豆腐，我看到的。」

「那不是那個卡座，也不是那個女侍。」我說。

領班的突然自卡座出來開始奔跑。他大喊：「殺死人啦！謀殺呀！」突然自己覺得失態了，他停下來。

宓警官突然把椅子向後退，站起來向出口快速溜走。

「怎麼回事呀？」白莎問。

摔掉餐盤的女侍者現在已經站起來了。她也走向廚房，破餐具和食品就留在地上。

大廳裡的人立即自動分開為兩大派別。一對對非常好奇要探個究竟的——是夫婦同來用餐的；一雙雙男的年齡比女的大得多的，就紛紛立即開溜，在現場消失。

有些人把未吃完的食品和約估的現鈔留在桌上。有的趁機開溜，管他回不回帳。這樣大一批人同時奔竄，侍者是怎麼也攔不過來的。

我看向白莎。

白莎說了一句她最常用的口頭禪：「他奶奶的。」她說。

「還留在這裡，想別人當你是證人來訊問你呀？」我問。

白莎脹紅臉問：「這算什麼笑話？」她硬如鑽石的小豬眼因為喝多了酒精，水汪汪的。

「你想宓善樓為什麼火燒屁股溜掉得那麼快？」我問。

白莎斜歪兩隻眼珠無聲地問我。

「想想頭條新聞，」我說：「警探鼻下發生謀殺案。」

「這個想法有可能。」白莎說。

「然後，」我告訴她說：「有那麼一天，宓善樓站上證人席，律師連續發問。他面朝哪一面坐的？他看到點什麼？他為什麼見不到更多？誰進入那卡座了？誰出來了？於是千鈞一髮的問題出來了，『警官，你喝了多少酒呀？』

「假如他說看到東西了，地方檢察官會給他一大堆詰問。假如他什麼也沒見到，地檢官會問他，如果沒有喝酒，他會不會有可能見到東西了？」

柯白莎急著想站起來，兩隻手把椅子撐得咯咯響。

「唐諾，我們也快點走。」她說。

「走嘍！」我說。

所有匆忙中離開餐廳的人，都擠留在餐廳前的人行道上，大家在揮舞著手中的停車券，要求快速服務。

我一眼看到替我停車的人。

他說：「賴先生，請等一下。」

我搖搖頭對他說：「馬上要。」一面塞給他五元。

他看看鈔票，把牙齒露出來，笑道：「馬上給。」

幾乎立即我拿到了車子，我想服侍白莎進車。

「去他的禮貌！還不給我自己爬進駕駛座去，好早點滾蛋。」白莎生氣地說。

我們快速離開。我送白莎回她的公寓。她不聲不響地在想心事。

「我想我們最好離開這裡到別的城去辦幾天案。」我說。

「我們做什麼見不得人的事嗎？」她問。

「還沒有。」我說。

第七章　善樓的疑心

我始終沒有去追問，宓善樓警官怎麼會知道我公寓沒有登記的電話號碼——也許是轉問白莎得來的——反正我回家，才把鑰匙插進鎖孔，電話鈴就在響著。

我快快進門，拿起電話，我說：「哈囉。」

「賴嗎？」

「是的，善樓。」

「今晚吃飯的時候，」他說，「一個侍者過來把你叫出去聽電話？」

「是的。」

「我就是要說那次電話。」

「說什麼？」

他說：「那次電話是我一個副手阿吉打的。他叫你告訴我，我們在調查中的一件案子有了重大突破，要馬上和我通話。」

「他為什麼不直接叫你，要先叫我呢？」

「他怕餐廳會廣播名字找我，他不希望我的名字出現在擴音器裡，所以他先叫你，由你來通知我。」

「故事倒是不錯的，」我說，「用什麼證明呢？」

「你。」

「還有什麼佐證的嗎？」

「我的副手對這件事記得很清楚呀！」

「你現在在哪裡？」

「三溫暖，你這個笨蛋。」善樓說：「等我把酒味泡掉，把香檳洗掉，我要回總局去好辦案。明天我要把巴氏餐廳拆了，今晚吃飯那件事越想越不對。」

「有什麼不對？」

「根本就安排好了的，假如我走進那卡座，即使是向裡看一眼，我就玩完了，你知，我知。」

「知不知道那死人是誰了？」我問。

「非官方已經知道了。」

「非官方？什麼意思？」

「非官方，有人告訴我那傢伙叫武星門。皮包裡證件說他已婚，住在駝峰公寓。警方派人去通知他太太時，沒人在家，武太太到現在還沒回來。」

「姓武的做什麼職業？」我問。

「這個問題，」必警官說，「我正想要問你。」

「怎麼會要問我？」

「我正在想，你可能認識這個傢伙的。」

「怎麼樣一個人？」我問。

「四十二歲，一六五磅重，五呎十吋高，黑鬈髮、藍眼、灰色小鬍子。」

「倒像是什麼地方見過的，」我說，「一時卻想不起來。」

「少給我窮謅了，那頓飯是安排好了的。假如你也參與設計我的，我會親自用警棍也回請你一頓，你會在床上休息好一陣子的。」

「假如有人設計的，我們都是受害者。」我說。

「我對你信心不大，」他說，「據我看這件案子有一種作案模式。」

「作案模式？」

「不是嗎？」他說：「警察破案百分之九十靠作案模式。今天這件案子做得太大膽，使我一下就想起你這小子的作案模式。假如你和這件案子有一點關係，我死活要把你列為本案的兇手。有證人看到你從那卡座走出來的。」

「不是走出來。」我說：「我向後退，靠著那布簾，以便讓女侍者通過。」

「是走出來。」善樓說：「目前至少已經有兩個證人。我自己也親眼見你從卡座裡出來的。目前我們怎麼做都可以。你也可以是證人，也可以是嫌犯。」

「根本不可能有人見我自卡座出來，」我說，「我根本沒有在裡面過。」

「我看到你出來的。」宓警官說。

「警官，真的嗎？」我說：「那麼你在那裡做什麼呢？」

「我想，」他說，「我在那邊是被人設計好做替死鬼的。我找到什麼人出這主意後，我會知道該怎樣處理的。小不點，知道嗎？我是說該怎樣好好處理一下的！」

善樓把電話掛上。

我隨時備有一個箱子，和一個旅行袋，裡面是旅行必需品，現在我拿起箱子和袋子，下樓進了公司車，快快離開。我開車來到休樂汽車旅社。在這裡萬一有事，我可以辯稱我是在辦公。我也不敢用假名登記，用假名別人可以硬說我在逃逸。我真的沒有把握，我會不會被人送進法院，當我是謀殺武星門的主凶來審。

第八章　目擊證人的證詞

我睡得像個木頭人，直到八點鐘。對街的房屋建築開始發生很大的噪音把我吵醒。

著名餐廳發生兇殺案，來不及在早報上有太多的新聞。我把收音機打開，八點的新聞報告得很詳細。新聞的主播也有他自己的標題，他說：「一步之差，警官沒能看到兇案的發生。」

他繼續說：「只因為一通公事電話，先一步把洛城總局兇殺組的宓警官，自城裡一家有名的餐廳中叫了出來，使宓警官不必當一件兇殺的現場證人。這件兇殺案目前警方還認為是相當困擾的一件案子。

「住在駝峰旅社的武星門被人在城中很有名氣的巴氏餐廳一個卡座中殺死。他是被一把長柄切肉刀自背後刺入立即死亡的。

「兇案的現場──巴氏餐廳的二樓，不但當時擠滿了客人，而且，兇殺組的宓善樓警官，當時也正在和朋友一起吃飯。兇案發生前數分鐘，宓警官被警局緊急召回，因為有一件他和他副手鄧吉昌在辦的案子有了重大的進展。

「宓警官是在回到總局後，才知道在他剛才吃飯的餐廳裡發生了兇殺案，而兇殺案一定是在他離開餐廳一分鐘後，甚或是一秒鐘，立即就發生的。

「警局的警官鄧吉昌，又名小吉，是宓警官的副手，他回憶說：『假如我沒有緊急給宓善樓電話，宓警官可能正好就在兇案的現場。由於宓警官是訓練有素不會漏掉任何週遭環境變化的人，他可能會看到什麼人自兇殺案發生的十三號卡座出來。事實上很有可能現在兇手已經成擒了。』」

主播又繼續說道：「武星門住在駝峰公寓。但是他的鄰居對他知道得非常少。他的太太是位非常美麗的金髮女郎，據稱是本市市區內一家大百貨公司的採購人員，目前正在為採購出差中。由於她尚未知道她丈夫的死訊，所以警方正在設法找她以便通知。」

接下來是股市的分析和氣象報告。

我坐在那裡，聽不到他在說什麼，我只是在想我自己的現況。

鄧吉昌在掩護宓警官。他們認為我們也該掩護宓警官的。假如我不支持他的說法，他們會塗我稀泥。假如我照他們的來說，我是在含混一樁謀殺案的發生時間。以這件案子說來，謀殺時間可能還確是十分重要。

說起來也不像是湊巧，巴尼可怎麼會安排這樣的晚餐，必善樓在場時正好那勒索者被人謀殺？

這樣說來，巴尼可一定是事先就知道兇案是會在什麼時候發生的。當一個人能預知謀殺案發生時間時，他一定是謀殺兇手、教唆者、陰謀家或重要證人。

在這種情況下，我估計自己最好失蹤一下，免得左右為難。

假如善樓要我做他不在場的證人，我不答應，我就沒有退路。假如我照辦了，我等於把自己退到房間的角落，一步也不能動了。

我把收音機關了，走到窗前，望出窗外，經過停車場，看到對面在建造中的大樓。

很多工人在場地中像螞蟻似的工作著。大大的吊車，把鋼樑一條條吊上去。這是一件像螞蟻一樣合作的大工程。

我在汽車旅社餐廳裡用了早餐，經過櫃台時我說要再留一天，提前把房租給付了。然後我出去照了些照片。

上午十一點電視新聞節目對謀殺案有了更多一點的報導。警方還是無法找到武太太。雖然她對公寓其他住戶說她是市內一家大百貨公司的採購人員，但是沒有一家較大的商店承認有這樣一位職員。

依據曾經和她在公寓裡談過話的鄰居聲稱，她出差旅行時非常豪華，每月飛芝加哥、紐約好幾次，也偶爾去巴黎。他們聲稱她是教養好、很會說話，也很有自信的人。

警方求助各方幫助尋找這樣一個人，以便通知她，她丈夫的悲劇性死亡。

兇案本身仍然膠著。

發現屍體的女侍告訴警方，武星門要了兩人份的中式晚餐，自稱晚餐送來時，會有一位朋友來參加的，但是，進來時他是一個人，屍體發現時他還是一個人。

當女侍帶了食物進入卡座的時候，發現他的屍體向前傾落在桌上，他的頭在他雙手中，一把顯然是大的切肉刀的刀柄自他背上戳出在外面。

警方對兇器的來源目前尚無法查到。那是一把很利、刀身很長的切肉刀，多半是屠商所用。警方感到刀口薄如剃鬍刀，已經磨平了的刀柄，在在說明這把刀不是來自餐廳的廚房，一定來自肉店。

一位證人見到一個二十八、九近三十歲的男人，小個子，顯然在一位女侍經過十三號卡座時，正好從裡面溜出來。那位女侍手中托著餐盤。依證人所說，她曾和這位客人交換幾句簡單的兩人有默契的對話。證人有自信地告訴警方，他覺得這兩個人一定本來是熟悉的。據他形容，這兩個人有一種叫「很親熱」的感覺。

證人聲稱假如再讓他看到這個男人，他會認識的。

我把電視關掉。

目擊證人可怕之處莫過於此。他看到事情的一小段，他只記得他看到的一部分。他的記憶力不可靠，他的視力不佳，十之八九，他用臆測補充他未能見到的詳情。

女侍經過我身旁時，我是退後靠進過那個卡座。實在說來，我似乎從未分開過布簾，但是女侍者經過後，我向外站出來，有人看見，以為我是從卡座裡溜出來。他看到我和女侍者交換幾句客氣話，就臆測了不少。

之後，女侍者去她該去的地方。所謂的證人根本沒有注意我已走回我自己的桌子坐下了。假如我不合作，這位證人將是宓善樓的撒手鐧。只要再加一點鼓勵及暗示，證人保證會說，他看見我在屍體被發現不久前，自十三號卡座溜出來。

我查到巴尼可家裡的電話號碼。我用電話找他。
「是巴尼可嗎？」我聽到對面巴尼可的聲音後說。
「你是誰？」他懷疑地問。
「賴唐諾。」
「喔，是的。」
「有警察在嗎？」
「現在沒有了。」
「來過？」
「是的。」
「我要過來。」我說。
「別來，別來。」他告訴我。「老天！別來這裡。」
「我倒認為那裡是見你最好的地方。」我說。
「不，不，這裡不行。」
「去店裡？」
「不行，那裡也不行。你是從哪裡打來的？」
「公用電話。」我說。

「你要見我有什麼事？」

「只是要和你聊聊，」我說，「你在家裡等，我立即到。」

「不行，不行，千萬別來這裡。」

「我馬上到。」我說，把電話掛了。

自公用電話，我打電話到辦公室找卜愛茜。接通後，我說：「愛茜，我在為一件重要的勒索案跑腿做調查工作。我會試著不斷和你聯絡，但是我無法回辦公室，你也無法找得到我。你只要把任何人的留話記下來，不要吭氣就好。」

「懂了，」她說，「白莎急著找你講話。她告訴我一有你消息要立即和你說話。」

「接給她吧。」我告訴愛茜。

「等一下，我請總機接過去。」

只過了一點點時間，我聽到白莎的聲音，很甜蜜的，「哈囉，唐諾。」

她說：「你今天早上好嗎？」

「不錯。」

「你會不會馬上回來？」

「不會。」

「什麼時候回來？」

「我還不知道，我在為一件重要案子跑跑腿。」

「唐諾，我想和你談談，彼此能加深一點瞭解。」

「哪一方面的？」

「有關昨晚發生的。」

「發生的什麼？」

「當然，這是一件不幸的事故。我們在用餐，你和我兩個人喝了些香檳，但是宓善樓沒有喝，因為他要備差。

「然後你接到了那鄧吉昌的電話，叫你轉告宓警官有件急事要他立即回總局。宓警官走後那女侍者走進卡座，大叫著出來。」

她停下，等候我來說話。我把手帕拿出來，包住那電話的受話一端，我說：「我聽不清楚你在說什麼呀，白莎。你在說什麼？」

我聽到白莎說：「豈有此理，這個鬼電話！我也聽不清你的。」

「你說什麼？」我喊道。

「我說我也聽不清楚你的。你聽起來像在一百萬哩路之外一樣。」

「誰在一百萬哩路外面？」

「你！」

「什麼地方？」我問。

「喔，渾帳！」白莎說：「再找條線打過來找我。我要用一條清楚的線路，我有重要的事要和你商量。」

「什麼商業路線。」我問。

「重新打過來！」白莎大喊道。

她重重把電話摔回鞍座去。

我把包住話機的手帕拿下，把電話放回原處，去見巴尼可。

巴尼可的住宅是屬於另外一個時代的，它建於上一代人手裡，那個時候大家庭制，一家人都住在一起。那住宅是一座在一排大廈當中的一座大廈。土地日益增值，房子是要付稅的，住這種房子的人，像在院子裡要養一隻象，房子變成負擔了。一條街外，一座相似的大廈，已改作秘書學校；另一幢改成一家私人醫院，但是巴尼可的住宅，保持了原有特色，半圓形的車道，兩側草木維持得很好。院子裡的棕櫚也透著養份很足的樣子。

巴尼可根本就非常生氣。「賴，你沒有理由來這裡。」

「我一定得和你談一談。」

「我每天下午三點起在辦公室候教。」

「我要和你談的等不到下午三點鐘。你是怎麼回事，引誘我們在謀殺案發生的時候，把宓警官帶到你餐廳去吃飯？」

「你會不會有一點點疑心，我對這件謀殺是預知的？」

「照你這樣說來，這是巧之又巧囉？」

「賴，」他說，「我不想和你多說，不過也許你自己不知道，你現在是炙手可熱。」

「怎麼會？」

「有兩個人看見你自十三號卡座裡出來，時間是屍體被發現前兩分鐘之內，他們都已經確定指證是你了。」

「警方尚未採取行動，但是早晚會來問你是必然的事。」

「你當然應該知道，」我說，「那個武星門今天晚上會到這餐廳來吃飯的。」

「當然不知道。別傻了！我叫你去付錢，目的就是不想再見到他。」

「你在餐廳有沒有見到他？」

「當然沒有。」

「你有沒有殺他？」

他的眼睛變狹。「賴，這是一個人吃人的世界，假如你做任何暗示我可能和這謀殺案有關，我可以立即使你因本案被捕，而且保證宣判有罪。我可不是任人宰割之輩。我有後台，有影響力的。」

「很有趣，你說下去。」

他說：「今天晚一點，警察會來問我有關你的事。有關你和你合夥人怎麼會正好來我餐廳作客的事。我就要說話。」

「告訴他們勒索的事？」我問。

「我會告訴他們我請你們替我做件事，而你背叛了我。」

「就因為如此，你特別還邀請我們吃飯？」我問。

我看到他眼中的閃光，他也瞭解了有點作繭自縛。

「我告訴你。」我說：「我也有嘴的。你忽視了一件大事。你要不知道，可能會吃不完兜著走的。」

「我不會有什麼問題的。」他說。

我說：「那張你和康小姐在汽車旅社前要進車子的照片——」

「閉嘴！你渾蛋。」他打斷我，用很小的聲音說，「我太太隨時會回來的。」

我說：「我只是要告訴你，那張照片根本不是勒索者偷拍的照片。那是擺好姿態，故意給人拍的。」

「你說什麼？」他問。

我說：「你的姿勢並不自然。大白天拍照，但是用閃光燈照相，目的是使大帽沿下你的面目不被陰影所遮，可以看清楚一點。你的臉故意轉向合適方向等候拍照。拍照時你是知道等著在拍的。甚至，那停車的位置也是你故意設計好使太陽正好照上牌照。牌照也是事先洗好使每一個字清清楚楚的。這是安排好，慢慢拍成的傑作。」

他坐在那裡，只是看著我。

等了一下，他說：「你什麼時候看出來的？」

「一看到這照片我就知道了。」我告訴他：「我拍這一類古怪照片太多了。哪一類是擺好姿勢照出來的，我清清楚楚。我們這一行常要偷拍照片。利用任何既有光線所拍出來的照片不可能沒有缺點的。拍攝在動的人像一定有一點點動態的地方，形成一點點模糊。那張自武星門那裡弄來的照片有如印得極好的三元票面鈔票。那是故意照的。明明是你把箱子放在算好的位置，你用手托著康小姐手肘帶她到一定位置，你向她說什麼使她抬頭，於是等候拍照的人拍照。

「你要知道，就是因為這個理由，我才不把照片交付給你。因為康小姐是我們的雇主。既然沒有理由相信康小姐和照相的人合起來設下這個陷阱，我相信你的利益和她是相背的。

「那個時候，我想到你和武星門是聯合起來，做出這件勒索案，目的是要吃康雅芳的一萬元。但是你不像那麼急著要一萬元，當然我也不能確定。我只能坐觀其變而已。」

我停下不說了。

巴尼可說，「你這小王八蛋！」這次他沒生氣，反倒有一點佩服的樣子。

我坐在那裡不說話。

過了一下，他說：「我弄巧成拙了。」

「你弄巧成拙了。」我同意道。

「你還是弄錯了有關我和勒索者有關係這件事。尤其我會想去分錢。」

「說下去。」

他說：「這也是為了保護康小姐。」

「真是好保護。」我揶揄地說。

「不，不，不，你不會懂的。她六日上午原在舊金山。但是，有理由要證明她是在洛杉磯，而且從週末起就在洛杉磯。安排一個勒索案當時看起來確是一個極好的辦法。尤其是我安排好了一個私家偵探替我去付錢。」

我不再吭氣。他坐在那裡。

「你肯再多告訴我一些嗎？」我問。

「不要。」他說。

兩個人又靜了一下。

等一下，他說：「假如你把這些照片交回給我，讓我毀了它，於是你在事後可以作證，照片上可以見到康雅芳和我在旅館的停車場上，站在汽車邊上。同時也可作證登記卡上記的時間是五號晚上……」他的聲音漸停於無聲的希望中。

我什麼也不說。

他繼續道：「可能另外你個人還可以有一萬元的進帳。」

我說：「我想你是不會欣賞我的立場的。以我個人關心的來說，我是在為康雅芳工作。一切作為皆是以康雅芳的利益為第一。但是，不論為什麼人，我絕不會作偽證，也不會說謊。」

他坐在那裡想了一分鐘，突然站起來。「賴，」他說，「這件事千萬別對任何人談起。我認為你現在可以走了，我以後會和你們聯絡。」然後他懊悔地說：「真是弄得亂七八糟。」

他帶我走向門口。

他打開他書房門的時候，一個女人自廣大的門廳進來，正在移向樓梯，才剛想走上階梯，看到了我們，停下來，用好奇的目光看向我。

她的年齡比巴尼可小得多，是個十全十美的金髮美女。她對自己的頭髮、眉毛、化妝、衣飾、步態，十分注意。她每一件事都是經過研究，預演，把最美的呈現出來。

「喔，親愛的，你早。」巴尼可說。

「哈囉，親愛的。」

她站著不動，看向我，顯然是等候介紹。

「我馬上來陪你，親愛的。」巴尼可說，一面匆匆推我走向門口。

一輛車停在我車子的後面，是輛大的凱迪拉克。我記住車牌，以防萬一有用。車子牌照是ＨＧＳ六〇九。大車子顯然是他太太才開回來的，我敢打賭她已經記下我車子的號碼，她還一定會去調查，她是那一種女人。

巴尼可無可奈何地看一下那輛凱迪，我看得出他腦子裡在想什麼。

「賴，你實在不該來這裡的。」他帶我離開大門後說。

「巴，你實在不該在重要事件上欺騙我的。」我一面下階梯，一面告訴他。

他站定在階梯上面，門口的平台上，看我進車，發動引擎開車離開。

我停在一個公用電話亭旁，打電話給卜愛茜。

「會有一個叫康雅芳的女人打電話給我。」我說：「叫她留下地址和電話號碼。」

「可以。」她說，「宓警官要你一回來立即打電話給他。」

「我還沒有回來，是嗎？」

「還沒有。」

「所以我不必打電話。」我告訴她，「你真是聰明。」

我趕快把電話掛上，以免她再給我任何我不想知道的消息。

第九章　機密公事

我一直收聽收音機廣播，也讓電視始終開著，以便瞭解市區裡有關本案的進展。

警方對於他們沒有辦法找到武太太，通知這壞消息，非常懊惱。現在他們已經確定，她絕未受雇於本市的任何百貨公司。

在舊金山，警方找到了一位武星門太太。她說和武星門在五年前已經離婚。她不知道他又結婚了。她是個褐色髮膚，五十五歲的胖女人。

我把車子加滿了油，開始在駝峰公寓的附近逛。我調查這附近有多少加油站。附近十條街內只有兩個加油站。

第一個加油站我什麼也沒有發現。

在第二個加油站，我老套地把自己證件拿出來，說我代表一個姓武的客戶，他的信用卡不幸遺失。我在調查，是不是被人扒走，而在使用它。我說有情況顯示，扒手是住在這附近的一個人。我希望查到一些證據，可以使扒手定罪。

我說得很快，只希望他腦筋沒那麼快。

他說他歡迎我查看那些已歸檔的紀錄。他帶我進辦公室，過了一下給我一大堆卡片。

我坐著查，查到一張簽名為武星門太太的用信用卡購汽油的紀錄。我自口袋隨便拿出一張卡片，假裝在對簽名。

「不是的，」我說，「不是這個人。」一面看紀錄上汽車車號。

「不過，」我說，「我還是要記一下卡片上的牌號，以防萬一。」

我拿出我的記事本，寫下曾在這家加油站，以武太太名義，用信用卡買過汽油的汽車牌照號。

牌照號是HGS六〇九，車式是凱迪拉克。

我謝過加油站職員，帶著記事本，離開加油站。

我找了一個電話亭，打電話給愛茜。

「能溜出來辦一件事嗎？」我問。

「當然。」她說。

「保險箱裡，」我說，「我自己那一格，有一個棕色馬尼拉信封，裡面有些照片和底片。

「其中有一張照片，一家汽車旅社前停了一輛車，汽車旅社招牌也在相片上。店名叫休樂。一男一女站在車旁，一件行李在地上，車廂蓋開著；他在幫女人上車。」

「你要怎樣？」她問我道：「要我帶那些照片給你嗎？」

「不要，」我說，「你連照片帶馬尼拉信封一起拿到，不要給別人看到你拿著東西，你到樓下銀行用你自己名字租一個保險箱，把信封放進去，鑰匙放你皮包裡，不要告訴任何人有關這件事。懂了嗎？」

「我懂了。」

「好孩子。」我說。

「等一下，唐諾，還有些事，」她說：「有一個電話找你，一位康雅芳。她要你打電話給她。她留下電話號碼。」

「什麼號碼？」我問。

「六八四—二三〇八，」她說：「她說希望你能儘早回她電話。」

「好的，愛茜。」我說：「你去辦那件事，不要給別人看到你在辦什麼。」

「唐諾，」她問，「你是不是又惹上什麼麻煩了？」

「我自己也不知道，」我告訴她，「不過我目前儘量在小心。你肯做我後盾的，是嗎？」

「後盾做到底。」她說。

「好孩子。」我說。

我把電話掛上，過了一下，再打愛茜給我的電話號碼找康雅芳。

一個非常好聽的女聲來應話。

「康雅芳？」我問。

「是呀，是賴唐諾嗎？」

「是的。」

「唐諾，我要見你。我一定要見你。我能去你辦公室嗎？」

「不行。」

「但是，唐諾，真的有要緊事呀！」

我說：「最好我去你那裡。」

「喔！這裡不適合你來看我。」

「為什麼不適合？」

「這裡是……這裡一團糟。」她說。

「你住在那地方？」

「是的。」

「在哪裡？」

「這裡是丹心公寓，在彌爾頓路上。我住在三〇五室。但是，唐諾，這不過是一個住家公寓，我等於住在鴿子籠裡。」

「你說幾號公寓？」

「三〇五。」

「我馬上來，」我告訴她，「別告訴任何人我會來。別告訴任何人你和我聯絡過。」

「我們外面見好不好？有沒有什麼地方——？」

「目前沒有，」我告訴她，「我十五分鐘或二十分鐘準到。」

「我會等你的。」她說。

「是巴尼可告訴你叫你找我的嗎？」我問。

她猶豫了三、四秒鐘，她說：「是的。」

「你要不要回報他，你已經和我聯絡上了呢？」

「和你談過之前不會。」

「好吧，」我說，「我來了。」

我很小心地駕駛我的公司車，找到丹心公寓，選了個停車位置，走進一個破舊襤褸的門庭。

房子裡有人氣和煮飯的味道，走道照明不夠，沒有電梯，三〇五是在三層，又在背側。

我在房門上敲門。

康雅芳穿得像把一百萬元貼在身上，把我引進一間像壁櫃大小的房間。房裡只有一張單人床、一張椅子、一個衣櫃，地上的地毯是破舊的。

「唐諾，」她說，「我不願意你看到我像這樣！」

「你住這裡？」

「是的。」

「前天晚上，我看見你住的那間豪華公寓呢？」

「那不過是做戲的一場場景。」

「什麼戲？」

她說：「唐諾，我不能把每一件事都告訴你。不過我的角色是一個成功的女明星。其實，我不是。」

她向床上一坐，這說明我只能坐唯一的那把不太穩的木椅了。

「這裡沒有電話？」

「當然沒有，我連浴廁都沒有，洗澡得下樓。」

「但是，你給了一個可以找到你的電話呀。」

「那是公用電話。」

「你就一直等著我打電話來？」

「我只是候在可以聽到電話鈴響的地方，等著你電話。我的命令是候在電話旁，等你來電話。」

「命令是什麼人給你的？」

「你是知道的。」

「我在問你命令是什麼人給你的？」

「巴先生。」

我問道：「你有沒有真的和巴先生夜宿過休樂汽車旅館？」

「從來沒有過。」

「照片怎麼回事？」

「我們當天開車去那汽車旅館，把車停好。拍照的坐另外一輛車跟在我們後面一起去。有人教我怎麼做，站什麼位置，看向照相機，巴先生是整件事的導演。」

「那一萬元買證據的錢也是他先交給你的嗎？」

「是的。」

我說：「我雖然知道你是依巴尼可命令行事，但是，以公司立場，我們是代理你，不是巴尼可。」

「為什麼會是我？」

「因為是你交給我們一萬元，說要保護你的名譽。」

「什麼名譽？」

「保護你的好名譽呀。難道你不要好名譽？」我問。

她搖搖頭。「沒有用了。」

「說說你自己。」我說。

「有什麼好說的？」

我說：「像你那麼好看的女孩子，假如真像你說的不要好名譽，就不會住在這樣蹩腳的公寓裡。」

「喔，我不是這意思，我又不是賣的。」

「那你靠什麼維生呢？」

「但願我知道，我自己也昏頭不知。」

「怎麼會？」我問。

她說：「這也許是老故事了。我出生於小城。當地的午餐俱樂部舉辦了一次選美。事實上，這是商業性的，買東西的人會有選票。買得多，選票多，可以選自己喜歡或支持的女孩子。總共有六個女孩子參選，當然各人拉朋友來幫忙。銷了不少商品，各顯神通。」

「選美你勝利了？」

「是的。」

「贏了什麼？」

「免費旅行到好萊塢，試鏡，不少宣傳，如此而已。」

「試鏡如何？」

「這只是個合約，不是什麼製片廠，只是一些攝影師，私下搞的攝影棚。」

「有沒有違約？」

「我再一次仔細看了合約。事實上合約是噱頭，沒什麼內容。合約說我可以去趟好萊塢，試次鏡。」

「回程旅費呢？」我問。

「一個女孩，才得一次選美皇后，她要去好萊塢試鏡，她會在乎回程旅費嗎？我是飄在天上，叫我做什麼都可以，一心要來好萊塢試鏡。我沒想到回頭。」

「到了好萊塢，生活費用怎麼辦？」

「什麼也沒有提，只是去好萊塢和試鏡，沒別的。」

「怎麼碰上巴尼可的？」

「我看到他想找一個女侍的工作。」

「給你了嗎？」

「沒有，他看過我後，問了很多問題，告訴我他對我另有任用。他問我要不要兩百五十元。

「任何人問我要不要兩百五十元，等於問一個餓了兩天的人要不要吃頓飽飯。」

「所以你就說要了？」我問。

她點點頭。

「他要你做什麼？」

「他要我和他一起在旅館門口照張相，而且發誓說五號晚上我和他在一起。」

「那張照片事實上是一個星期以後，十三號早上拍的，是嗎？」

「是的，但是你怎麼會知道的？」

「憑對面正在往上建的公寓建築。你看那些鋼架往上慢慢的增高，是不是和日曆一樣的清楚。我自武星門處得來的照片，憑後面鋼架的高度，正是十三日的進度，不是六日的進度。」

「你有對巴尼可說起嗎？」

「還沒有。我已經告訴他，照片是偽造的，擺好姿態照的。這一棍已經把他打悶了。鋼架進度的事是準備送他的第二棍。」

「千萬別告訴他，我告訴過你有關照相日期的事。」

「我在用我的推理，你不過是自清而已。你記住，我們保護的只是你。我問你，這件事裡尚有其他人涉及在內，你知道些什麼嗎？那個武星門你認識嗎？」

她搖頭。「我只知道奉命行事。此後他們定好駝峰公寓一間房，租賃了二十四小時，叫我住進去。說好你會來找我，我要給你一萬元現鈔；然後我就要遷出。

「命令要我扮一個成功的明星，全世界都拜倒在我石榴裙下。他們另外給我錢做頭髮、修指甲、洗個香水澡——真享受，與身體等長的浴盆，要用多少熱水就用多少熱水。」

我把所有發生的事又想了一下。

「巴先生告訴我，要我向你澄清，巴先生是我的老闆，你只要照他的意思辦事就可以了。」

「我們從不用這種方法工作。」我說：「我只知道拿到錢時，你們說這是你的錢，付錢的目的是保護你的名譽。這就是合約。」

她坐在那裡看我，「這不就形成僵局了？」她問。

我說：「巴尼可後來有沒有再給你錢？」

「沒有，只有先前的兩百五十元。」

「你自己的東西呢？」我問。

她指指床下，「兩口箱子。」她說：「如此而已。當然，我去好萊塢就另外會添衣服的。」

我說：「你現在看起來已經不錯了。」

「這身上的衣服，」她說，「也是這次工作的戲裝。這件事我尚未告訴你，巴先生允許我到這裡最高貴的店裡去買需用的最好東西。包括鞋子、襪子、內衣、衣服等等。」

「箱子就在床下？」我問。

她點點頭。

我自椅中站起，趴倒地上，開始要把箱子拖出來。

「幹什麼！」她說：「你不相信我，要查看一下？」

我說：「不是。你要馬上離開這一團糟的環境。」

「但是唐諾，我不行呀，」她說，「我一毛錢也沒——」

「這一次由我提供。」我說。

「要我幹什麼？」她好奇地問。

「離開這裡。」我說。

「去哪裡呢？」

「地點由我來決定。」

「之後呢？」

「之後你住在那裡。」

「有其他條件？」她問。

「沒有其他條件。」

我走下去，打電話給溫梅姨。

我們偵探社兩年前曾替溫梅姨做過一件工作，她對我們十分感激。她每個聖誕節都不忘記給我們送禮物。

我聽到她在電話上的聲音，為了確認，我問：「是溫太太嗎？」

「是的。」

「我是賴唐諾，梅姨。」

「喔，哈囉。唐諾，你好嗎？有什麼事？」

「很多事，」我說，「目前先談公事。」

「什麼公事？」

「機密公事。」

「你要什麼？」

「要一個公寓。」

「什麼樣的公寓？」

「一個簡單、漂亮的好公寓，要有小廚房、浴廁、傢俱全，每週兩次有女傭工作。」

「你要？」

「朋友要。」

「男的——女的？」

「女的。」

「有保？」

「不一定。」

「不會吵吵鬧鬧吧？」

「安靜，高級。」

她大笑道：「好吧，還有什麼事？」

「名字是康雅芳。」我告訴她：「三十分鐘後我們就來辦手續遷入。」

「我們？」

「我們。」

「假如你要和她一起遷入，」她說，「唐諾，你一定要——」

「不，不，」我說，「我只是送她來而已。」

「等一下，唐諾，她是不是在逃？」

「不想出面而已，不過不是官方在找她。」

「不會替我找麻煩吧？」

「我們也替你工作，使你脫離過麻煩的。」我說。

「我知道，別以為我不感激，來吧。」

「租金怎樣算？」

「反正比全市最便宜的還要再便宜一點就是了。」

「可以。」我說：「由我付帳，我們馬上來。」

我把電話掛上，走回康雅芳房間，我說：「拿幾件東西，你要出去生活幾天。馬上就走。」

她低下身自床下拿出一個本來就開著的箱子，箱子本來就裝了半箱的衣服。

「幫我忙把箱子放床上來。」她說：「我聽到走道裡有腳步聲，又聽到腳步聲走向我房間，我不知道來的是什麼人，所以我把箱子塞回到床下去。」

「應該的。」我說。

她又塞了幾件衣服進箱子，伸手進床下拖出一個手提袋。她說，「唐諾，替我把箱子關上。然後把眼睛閉起來，因為要裝的都不能隨便看的。」

她拉開一個抽屜，把裡面的東西拖出來拋進手提袋去。

從我自電話亭回來才四分鐘，她就一切就緒了。

「抽屜空了嗎？」我問。

「是呀，怎麼啦？」

「把東西再分配一下，抽屜裡要有些東西，」我說，「空抽屜表示你溜走了，留些東西下來，每個抽屜裡要有一些。」

她開始工作。

「行了嗎？」她問。

「可以了。」我說：「我們走吧。」

她把門自身後鎖上；我們下樓梯，進了我的公司車，我帶她去看溫梅姨。

康雅芳看了一下公寓，她眨著眼睛。

「唐諾，」她說，「這是第——第一流的呀！」

「溫梅姨的地方是一流的。」我告訴她：「她會做你好朋友的。」

「好是好。」她說：「但是我不要我自己習慣這樣奢華，我以後維持不起呀！」

「只有兩三天就可以了，不會習慣的。」我告訴她。

「別傻了，我很快會習慣的。由儉入奢易呀。」

「也許到時你的收入可以趕上了。」我安慰她說。

「我幾週來都在希望如此——唐諾，我不必騙你，我付不起的。我連那破公寓都付不起了，怎麼付得起兩個公寓呢？」

「那邊那公寓是你的事，這邊公寓我會替你付。別擔心租金，由我們偵探社來付。」

「你求的是什麼？」她問。

「連我也不知道。」我告訴她：「我要知道這件事後有什麼我們不知道的。你知道嗎？」

「不知道。」她老實地說。

「好吧，你住這裡，不要出頭，不要讓任何人知道……你有沒有在明星介紹所登記，等候他們給你介紹角色呢？」

「有。」

「你每天可以每個介紹所打一次電話以守候機會。假如有什麼好消息，你只可以告訴他們你的經紀人會和他們聯絡，但是絕對不可以告訴他們你住的地址。」

她笑道：「我沒有什麼經紀人呀。」

「你現在起有了。」

「噢。」她說。

我告訴她：「你公寓裡有電話，但是要經總機。晚上十一點之後，早上六點半之前沒有服務，其他時間動動嘴巴你要的電話就會接通後通知你來接。電話分機臥室、廚房、廁所都有。不可以告訴巴尼可你在哪裡，讓他去急好了。」

我把皮夾取出，交給她五十元。「去超市買兩三天內必要的食品留在公寓裡。」

我告訴她：「不要回你原來的公寓去，也不要到那附近去。除了介紹所，不要和任何人聯絡，地址尤其任何人都不可說出去。你還有我們偵探社電話嗎？」

「我有，我還和你秘書聊過天。」

「誰告訴你電話號碼的？」

「巴尼可。」

「之後他也要你向他回報？」

「我也回報過一次了。我說你出去了，我也留話在找你了。」

我說：「如此說來，巴尼可一定會知道是我把你藏起來，他會盡可能想辦法找你。他極可能和明星介紹所聯絡，讓你聽起來好像真有戲在找角色。你千萬記住你要告訴他們，你會派經紀人去聯絡的。」

「不行這樣做的，」她說，「小角色都不能這樣的，是他們在選你，而且還要面試——」

「從今而後，要找你的必須要這樣做，」我說，「假如真有這回事，我們就去替他們工作。但是，假如是巴尼可想把你自住的地方騙出來，我們就給他們兜圈子。」

我開始準備離開。

「你自己什麼別的也不要，唐諾？」她問道。

「我對你沒有別的要求，這是絕對的。」

她過來送我到門口，兩眼看向我。

最後她說：「唐諾，你是一個好人。我希望我能早幾年之前就認識你了。」

突然，她眼睛裡有了淚水。

第十章　誣陷

我打電話回辦公室，找到卜愛茜。

「愛茜，你知道我是什麼人。有什麼新鮮的？」

「老天！有什麼新鮮的！」她大叫道：「全世界每一個人都在找你。」

「像是誰？」

「像新聞記者尹科林就是其中一個。」她說：「柯白莎生氣得要命，她說她正有重要事要交代時，電話聲音就不好了。她打電話給電話局要告他們。宓警官要你馬上和總局聯絡。另外還有一位小姐，她說你可能只知道她姓馬，說有要緊事要立即見你。」

「姓馬的？」我問。

「她的名字叫馬美儂，她說你只知道她姓馬——那是她繡在上衣上的姓。」

「她在巴氏餐廳工作嗎？」我觸機地問道。

「她沒有說她在哪裡工作。她只說十分緊要，她要見你。她說她住在冠山頂公寓。她說別和冠山公寓弄混了。她住的是冠山頂公寓。她自己有電話，她把電話號碼留下了。」

「把電話號碼給我。」我說。

卜愛茜把電話號碼報給我，我寫下來，又再和她對了一下。

「她怎麼回事？」愛茜問。

「我怎麼會知道？不過，她還真可能很重要的。我會打電話試一下。別說你接過我電話了，愛茜，知道嗎？」

「我有辦法可以給你電話嗎？」她問。

「目前不行。」我說：「但是在未來二十四小時內，假如我還不能把事情搞定的話，你可以聯絡監獄找我。」

「噢，我就怕如此。你又亂跑招惹麻煩了。」

「這次完全不同。」我說：「真的是麻煩來招惹我的。別慌，愛茜。不要給什麼人任何消息。」

我把電話掛上，又撥愛茜給我的電話號碼。

一個年輕、很好聽的聲音來回話。

「馬小姐嗎？」我問。

「是的。」對方的聲音很小心地回答。

「唐諾。」我說。

「喔！知道我在找你？」

「是的。」

「唐諾，我要和你說話。」

「哪裡？」

「我認為你最好不要在公共場所出現。你能來冠山頂嗎？是三一三號公寓房間。」

「沒有什麼人在附近吧？」

「我……我認為沒有。」

「我會去。」我說。

「多久？」

「半小時之內。」

「那好。因為你的關係，我現在很尷尬。」

「我不希望會有這種事發生。」我告訴她。

「我也不希望，」她說，「但是——我們見面時我再告訴你。」

「好，」我說，「現在我過去。」

我十五分鐘就到了她的公寓。我繞公寓走了兩圈，仔細看停在附近的車子。我沒有見到任何一輛有疑問的，於是我冒險一下，上公寓樓上去。

馬美儂穿了侍者式制服很美麗，但是，她穿了外出服更不賴。她就是那位我為了要讓她通過而退後半步退進十三號卡座的女侍者。那時，她手中托著一個餐盤，事後她只是說了聲：「你真好，謝了。」

馬小姐放我進門。

她尚未到三十歲，淡褐色眼珠，粟色頭髮。

「唐諾，」她說，「你能馬上來，我真是高興。」

「你怎麼會知道，怎樣可以聯絡上我的？」我問。

她大笑說：「可以這樣告訴你：消息是強迫送給我的。」

「什麼人？」我問。

她笑笑，又把頭搖搖。「我只能告訴你有限的事，另外有些事我最好不要告訴你。但是我一定要警告你。」

「警告我什麼？」

「你被人誣陷在謀殺案裡了。」

我向她笑笑。

「真的，不騙你。」她堅持地說。

我說：「真到攤牌的時候，我白有辦法脫鉤的。但是，一定要拖別人進來一起受罪才行。目前我尚不想如此做。」

她做了一個不耐煩的手勢。她說：「別天真了。你以為你還能把和你在一起吃飯的警官拖進來？對你一點好處也不會有的呀！」

「為什麼？」

「因為他會宣誓說，命案發生前五分鐘，他已經離開那邊了——至少有五分鐘之久。他副手所打的電話固然可以顯示時間，而且所有在場客人中，他們也找到了可能的證人願意出面證明了。有兩個人都肯出面宣誓作證，他們看見宓善樓在女侍者大叫的五分鐘之前，已經離開了。

「你當然知道目擊證人怎麼回事。大家會相信他說出來，但是沒見到過的事。警官把要說的話塞進他們腦袋去；他的證詞又加深別的證人信心。這和洗腦相差不多。」

「這裡面你占什麼地位？」我問。

「我也是被他們洗過腦的。我應該作證說，你從十三號卡座出來時，正好被我撞上了。」

「你有沒有這樣說？」我問。

「我沒有。」

「你怎樣告訴他們？」

「我說的故事，」她說，「他們不喜歡。」

「是怎樣說？」

「正好，」她說：「那天晚上較早一點，你還在自己桌子上時，我已經注意到你了，貝比，那個侍候第十三號卡座的小姐，曾把你指給我看過。她說你是一位私家偵探。又說你把巴尼可自一件水深火熱的案子中救了出來。我就對你特別注意，而正好看到你自大廳離開去聽電話。我看到你直接走去電話所在的門廳。而在你回來的時候，我又碰到你，那時我托了裝滿了菜色的一個餐盤。你要讓我可以通過，所以你才退一步退進十三號卡座一點點。但是你絕對沒有走進去。

「所以我就謝你一下……比一般謝一下多說了兩個字。這也是因為你的確很為我著想。但我——喔，唐諾，你現在情況非常不好，老實說，我希望你……站出來說些話……你知道……

「反正，」她繼續說：「我是知道你自桌子直接去接電話。我也知道你聽電話出來直接回桌子，當中，只因讓我通過靠後站進了十二號卡座半步。你的背，也許靠進了布簾一點點，但是只有你的背。你從未面對過十三號卡座，你從未把布簾全部拉開過，你也沒有進過那卡座。」

我說：「謝謝你觀察和說明得那麼仔細。只憑你的指認和說明，我足夠脫鉤了。」

「應該是可以的。」她說：「但是我看不可能。」

「為什麼？」

她說：「你面對的是金錢、勢力和政治。三者中任何一個已夠嗆的了，三者一起來，是死定了。」

「你有沒有說給他們聽？」

「還沒有，」她說，「我要說話時只說一次，而且要公開，要在有保護的情況下說。」

「有那麼嚴重呀？」

「聽著。」她說：「我現在要告訴你一些事，有關巴尼可的。」

「等一下，」我說，「你在用你的工作做賭注。」

她看著我，神經質地笑著。「我的工作！」她說：「老天，你真以為只拿我的工作做賭注嗎？我們兩個的生命都在做賭注！」

「你在說什麼呀？」

「我在說真話，簡單、明瞭的老實話。

「巴尼可和一個自稱為『方塊記者』的人混在一起，那方塊記者又和一個政治大亨非常接近。他們有太多太多錢，他要投資在正當事業上。別問我為什麼，反正他們就怕有人調查錢是從哪裡來的。」

「你小說看太多了。」我說。

她臉紅了，生氣地說：「所以我自己冒險去保護一個以為值得的男人。別以為我在胡說八道，我一直在觀察，我到處張開眼睛、耳朵，才知道這些事。

「三年之前，巴尼可所有的每一毛錢都是抵押了九分的。然而，突然，他抖起來了。他有無限制的資金可以發展他的事業，他還向外發展。他在拉斯維加斯也開個巴氏餐廳。在舊金山、西雅圖也各開一家。每一家都是最好的設備，每家都在給他進錢。

「偵探先生，你現在想想，這些錢一開始自何而來的？」

「黑社會？」我問。

「那個方塊記者一定是個黑社會的探子。」

「你怎麼知道？」

「我在場呀。」她說：「我敢告訴你，是那方塊記者物色看上巴尼可的。不是巴尼可找上去的。」

「假如你對方塊記者知道那麼多的話，」我說，「他對你一定知道得更多。」

她猶豫了半晌，把眼皮低下。「他是知道我很多。」她承認道。

「有多少？」

「很多。」

「多到什麼程度？」

「非常多。」

「好吧，」我告訴她，「假如他就利用這一些在逼迫你，你反正也沒有力量來反抗他。」

「倒不是我能不能反抗他，而是我應該怎樣辦。我第一件該辦的事是沒有人能找到我來問話。」

「你準備怎麼辦呢？」我問。

她說：「他們以為我今晚會去上班的。每個人都如此想。我偏不去，再過一個小時，我已經走很遠了。」

「走多遠？要走多久？」

「不太久，」她說，「我也沒有這能力。我要去愛西尼大。我自己來一次假期。我要先告訴你，因為我要你知道我在哪裡。在真正十分緊急時，你可以來找我。

「現在，另外有件事我也要告訴你。整個這件事是安排好的。我不知道他們如此安排有什麼用意，但是武星門有一架照相機，他在卡座裡一直在照你們相。」

「你又怎麼會知道的？」

「貝比，那侍候十三號卡座的女侍者告訴我的。」

「她看清楚了？」我問。

「除了她告訴我，我眼睛也看到有關的。那架相機是貝比拿進卡座裡去的。相機放在餐盤上，用一個銀器蓋子蓋著。偽裝成有人叫的菜，但是銀器蓋下只是架相機。」

我說：「假如你想暫時離開，你就快走吧！這件事我看你也危險得不得了。你知道得太多了。」

「我自己也有這種感覺。」她說：「我——」

「行李整理好了嗎？」

「要帶的都整理好了。我不想帶太多東西，我更不要別人看來我有逃走的樣子。」

「拿你行李，我們一起離開這裡。」我說。

「去哪裡？」

「愛西尼大。」

「你說你要帶我上車站？」

「我要把你送到愛西尼大。」我說。

「這樣做會不會降低將來給你作證時的價值？會不會讓別人以為我們是……我們是一起逃走的？」

我說：「目前，我只為你生命著想。你曾為我著想，所以我也該為你著想。我們倆都在玩火。要走要快！」

她走向壁櫃，拿出一個關著的箱子，她說：「我現在只要再裝個過夜袋就可以了。」

「那就快裝。」我說。

她拿一個手提袋放床上，忙著把五斗櫃裡的東西向裡裝，一會之後，向我笑道：「行了。」

我攫起衣箱和手提包，催著她下樓，進入公司車。

我把車自路旁開出，沿了街口走了好幾個彎，在不可迴轉的地方迴轉，確定不像有人在追蹤時，直向墨西哥邊境開去。

第十一章　設計好的圈套

走上了車輛較多的沿海大路後，我說：「現在，我們可以慢慢聊了。有點事我很想知道。」

「什麼？」

「為了一個完全陌生、沒有關係的男人，你為什麼願意把工作拋了，又從我想不會太多的積蓄裡提錢出來……」

「你不必再說這一點了，各人有各人的想法。」

我就不說話。

「唐諾，是不是你在懷疑，我也是他們陷害你的一部分？我是在演戲？」

「不是。」

「為什麼你不會這樣想呢？」

「因為我很喜歡你眼睛的樣子。」

「好吧，唐諾，」她說，「我也是因為你這種態度，所以我很喜歡你。」

「現在，我們暫時透了一口氣。你把武星門照相機的事告訴我。」

「他一進卡座時就由貝比侍候的。她接受了他的點菜，出來。我看到她在準備。她有一架大鏡頭相機，她把相機放餐盤上，在上面蓋上一個銀器蓋子，托著進了十三號卡座。」

我說：「屍體發現時，沒人提起過照相機的事呀。」

她聳聳她的雙肩。

我說：「在用飯時我就有一個感想，我們這張桌子的照明特別的亮……武星門怎麼樣？你對他有什麼認識嗎？」

「沒有。我在餐廳裡見過他一兩次，我對他毫無認識。」

「整個這件事，你看來是怎麼回事呢？」

她說：「有一個——你對端木頓知道什麼？」

我說：「不太多。他是個專門遊說議案通過的人，最近混入一件大的政治風波裡，據說端木頓最近面臨稅政單位要查他收入的危機。」

「我所知道的是我聽到的人名，加上報上所說的消息。但我知道，五號晚上在舊金山有一次聚會，開會一直開到了天亮。端木頓在那裡，巴尼可也應該在那裡。他事後告訴我他沒去成，我不相信。

「反正，舊金山一家報紙聲稱，有人集了十萬元現鈔，要活動通過某項立法。」

「那是五日晚到六日晨是嗎？」我思慮地問。

她點點頭。

「這，」我說，「可以解釋很多以前我想不通的道理了。」

「唐諾，」她說，「你混進去的是一件大事。我可能也混進去到脫不了身的地步了。你要好好的小心呀！」

我點點頭，「武星門那架照相機後來怎麼啦？」

「沒人知道，一定有人進去拿走啦。」

我說，「我本來有疑心，現在知道整個晚餐是設計好的一個圈套。我們的桌子安排在大廳最中心位置，照明也集中在此。武星門則安排在外圍的十三號卡座。

「那個卡座直接觀察我們桌子沒有任何阻礙。我想他的任務是取得照片。我越想那種安排越清楚——武星門去那裡就是因為我在那裡的關係。

「裝香檳酒大大的銀桶在桌子的另一側。宓善樓警官整個臉可以被照下來，頭上有明亮燈光。巴尼可引誘我夥伴和我，讓我們拉宓警官一起淌這渾水。

「武星門這人，我早知他是替巴尼可工作的——事實上，他還可能替別人在工作，和巴尼可鬥法。

「這些照片，對某一個人一定很重要。因為這是巧妙安排好要武星門來拍照的。

「然後，突然發生一件事，把整個過程搞亂了。第三者介入直接發生了衝突……你有概念嗎？」

「沒有。」她說：「我也找所有小姐問過，沒有一個人看到有人進過十三號卡座。」

「我開車只把你送到聖太安那。」過了一下我告訴她，「你可以自己經過邊界，乘巴士去愛西尼大。別忘了告訴我你住哪裡。

「你可以送我一張明信片。別用你自己名字寄卡片。隨便寫個假名，我會瞭解的。」

她斜視地看向我：「你不和我一路到愛西尼大？」

「我越想越覺得不好。」我說：「假如我和你一起經過邊界，他們會說我怕被捕所以逃逸，甚而可以用這罪名把我關起來。」

她嘆氣道：「我倒真希望你能和我一起下去——至少一下子。一個人在那邊還是很寂寞的。」

「也許你在那邊只要躲一、兩天。」我說：「當然也可能我會過一下來參加你的陣容。」

「唐諾，你會來嗎？」

「我只是不要他們認為我怕被捕而脫逃。」我說。

「我也不要你冒任何危險。」她說。

我把她送到聖太安那，停車。「只好算了。」我告訴她。

她給了我一個再見之吻。

第十二章 最佳人選

這天下午我打電話給卜愛茜時，她正怕得要命。

「有什麼不對？」我問。

「那些警察。」她說。

「他們怎麼樣？」

「宓善樓命令你要立即和他聯絡。」

「很多人都想要我立即和他們聯絡。」

「白莎叫得連房子都要震倒了。」

「那是她家常便飯。」

「宓善樓說要我轉告你一句話。」

「什麼話？」

「在加州，逃亡是有罪的一種證據。」

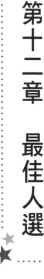

「什麼人逃亡了？」我問。

「他說是你。」

「愛茜，你幫我個忙好嗎？」

「當然。」

「這是非常重要的事。」

「唐諾，我會為你做任何事。你知道的。」

「白莎是不是在進進出出？」我問。

「是的。白莎出去的時間還滿多。」

「下次白莎出去的時候，」我說，「放一張字條在她桌上，說是我打過電話來了，要和她說話；因為聽到她出去了，我說我五分鐘會再打電話回來。我五分鐘後又打電話回來了。因為她仍不在，我告訴你我不能再等了。你會辦嗎？」

「會辦，一定辦。」

「白莎會問你我在哪，自哪裡打電話來的。你可以告訴她，我是自公用電話打來的電話。我正在辦一件重要案子。我忙得一點閑也不敢偷。」

「好，我會告訴她。」她說：「還有件事，那個記者尹科林找了你三、四次了。他也說是重要事，一定要和你聯絡。」

「可以，」我說，「假如他再打電話來，就說你告訴我了。我會在一小時內和他聯絡的。」

「唐諾，這會不會是十分危險的？」

「我不出現就更危險，」我說，「一旦警方找到藉口說我是在逃，他們就可以向我予取予求了。

「所以，我除了裝作無事去訪問別人外，沒有別的辦法。尹科林可能是世界上最好的一個人選。」

「他會通知警方，會不會？」

「不見得，他是記者，他要內幕新聞。他要挖掘出新聞後，才會把我交給警方，而且大吹是報紙使我投案的。

「假如一時他得不到內幕，或是我能牽得動他，他會死活追我故事的。

「到了最後攤牌的時候，我給他一張法院開庭傳票，他只好去作證，說自始至終他都和我在聯絡。我怎麼能算逃掉了呢？」

愛茜說：「但是，假如他作證說，是你告訴他，不要告訴任何人你在哪裡的——」

「我不會向他說這句話的，」我說，「我會告訴他我在辦一件案子，那件案子發展太快，我不能半途而廢。我會告訴他我幾度要向偵探社回報，試著聯絡白莎，不巧她都出去了。」

「唐諾，我覺得很危險呀！」

「以我目前所在的地位說來，」我說，「一切都是很危險的。」

「我能做什麼再幫你些忙嗎？隨便你說什麼？」

「愛茜，只要我告訴過你的，就好。」

「會辦的，你放心。」她說。

我掛上電話，開公司車去尹科林服務的報社前，找到一個停車位。我對他的習慣大概清楚，他會在每天下午四點前截稿他次日的方塊社論與花邊新聞，然後，他會出來，先喝上兩杯，再東溜溜西走走地找明天要寫的素材，他常跑的地方是酒吧和夜總會。

各處的夜生活店家也都希望名字出現在他專欄裡，所以有什麼大人物、名人出現時也都會通知他，或把消息轉給他。這些消息，有的他可以登，有的他收集保留，有的連他也不敢登。我敢說在洛杉磯，尹科林是最識時務的人了。

四點半，尹科林走出報館，走向他最喜歡的酒吧。

我走向電話亭，打電話去他辦公室。「給我接尹科林。」我說。

「他目前不在辦公室。」接線生說。

「請問你他什麼時候可以回來？」

「說不定，他是在收集專欄資料，我給你留話好嗎？」

「好的，」我說，「就說一位賴唐諾打電話找他。」

「喔，賴先生。」接線生說：「他今天至少找過你六、七次，他急著要見你。」

「但是你不知道他什麼時候會回來，是嗎？」

「對，我不知道他什麼時候回來。請問他哪裡可以聯絡到你？」

「很不容易。」我說：「我像他一樣，我也在收集資料，只好由我來聯絡他了。」

我掛上電話，等候了五分鐘；邁步走向酒吧。

尹科林站在吧檯側，手上在玩一個高腳杯，雙耳聳起在那裡聽調酒的人在亂掰。

「哈囉，科林。」我說：「我秘書說你在找我。我打電話去辦公室，你

——」

「賴唐諾！」他喊出來道：「一點沒錯，我正要好好和你談談。」

「我在這裡。」我說。

「我給你買杯酒。」他說。

「就要你在喝的那種好了。」我說。

「這是湯姆科林。」

「就喝湯姆科林。」

尹科林向調酒的點點頭。調酒師給我調了一杯湯姆科林。

酒來後尹科林說：「找一個能談話的地方去喝。」

我說：「好呀。」拿起酒杯，兩個人走到酒吧底上一個卡座去。

「賴，」尹科林說，「這件事我先要提醒你，你處境非常不好。」

「我？」我把兩條眉毛抬得老高，無辜地問道。

「你。」

「關我什麼事？」

「有兩個女侍者作證說你在屍體發現不久前從十三號卡座裡溜出來，她們看到的。現在警方要訊問你，你不出頭，避開警方訊問你是不對的。」

「誰在避開警方訊問？」我問。

「你。」

「我怎麼會？」我告訴他：「我在辦一件案子，我不斷和辦公室聯絡。」

「宓善樓有沒有試著找你？」

「老天，」我告訴他，「至少有一打以上的人打電話在找我。我若一個敷衍的話，我還能辦什麼案。我在辦一件太重要的案子。

「我不知道宓警官在想什麼，不過我一有空就會和他說話，但目前太忙，沒有空去找他，你也看得出。」

「在巴氏餐廳，你有沒有走進十二號卡座去？」

「別亂謅了。」我說：「我被叫去接電話，我走回自己座位時，一個女侍托個餐盤經過狹窄的走道，一面是卡座布簾，一面是桌子，有客人在座。我向卡座退後一步讓她通過。但是我沒有進布簾，更別說進卡座了。」

他搖頭。「你沒有辦法證明呀。」他說：「但是有兩個侍者說看見你自那卡座裡出來。」

「這兩個證人瘋了。」我告訴他：「到底怎麼回事，有人要誣陷我還是怎麼了？」

「我怎麼知道。」他說：「不過我換了你的地位，我會立即和警方聯絡，把我方的故事告訴他們。」

「目前我尚不能這樣去做。」

「為什麼？」

「我實在忙得抽不出時間來。」

他說：「你假如照我的方法去做，報紙會給你全力的支援。」

「怎麼照你的辦法？」

「你和我一起去報社，我替你找一個一流記者。記者在新聞欄『罩』你，我用我專欄『罩』你。你什麼也不用怕。我們還要帶個照相記者，一起去警察總局。」

「你說報館帶我去投案？」

「亂講！我說報館要『罩』你。你到報館來講那天到底發生了什麼事，於是你才知道警方也在找你，於是我們就一起去問警方找你做什麼。」

我說：「那天你也在巴氏餐廳，你見到些什麼？」

他說：「我看到你、你的合夥人柯白莎，一起在用飯，還有宓善樓。」

「你有沒有見到宓善樓離場？」我問。

「你為什麼要問這個問題？」

「據說，他有一個重要的電話叫他。」我說。

「我第一次聽到。」

我什麼也不說。

過了半晌，他說：「你怎麼知道？」

我說：「據我知道，宓善樓告訴大家，他在命案發現前不久已經離開了。」

「你也這樣說嗎？」

「我還沒有說呢！」

「就為了這原因，你不想見警察，也不出面？」

我說：「你記住了，我沒有不想見警察，從未逃避過。我是靠工作才有飯吃的。我在工作，一件重要工作。」

他玩弄著玻璃杯。「我知道你在玩花樣，賴。希望你別昏了頭。」

「昏頭不昏頭在其次，人總是要向前走的。」

尹科林說：「你們當時在用香檳？」

「是的。」

「大瓶的？」

「嗯哼。」

「宓警官有沒有和你一起喝？」

「那時你不是在看我們嗎？」我問。

「我是在看，」他說：「但沒有只看你們。我只覺得他和你們處得很好。」

「善樓自己怎麼說？」我問。

「我們找不到他，無法訪問。」

「你是說他逃掉了？」我問。

尹科林把頭後仰，大笑。

我說：「所有人都想裝一些榫頭到我身上，我有最好的不在場證明。」

「什麼不在場證明？」

「我站起來，走去聽電話，」我說，「我在聽電話。」

他點點頭。

我說：「善樓的副手阿吉，他說他不願直接找善樓，所以他就先找我。

他打電話有電話記錄，依警方電子鐘記錄那電話接通時間是兇案發現前四分鐘。」

「又如何？」尹科林說。

我說：「假如我在和警局的警官通電話，我當然不可能用把刀去戳一個人的背。」

尹科林盯著我問道：「那麼，當時你是不是在和鄧吉昌通話呢？」

我說：「在我和警察談話之前，我最好不要做任何聲明。」

「好吧，」尹科林說，「服你了。」

「服什麼？」

「左問右問，你什麼也沒有回答。我要告訴你一件事。」

「請講。」

「你的合夥人柯白莎，一直在支持警方所說的話。」他說。

「那很好呀！」我說。

「她說宓善樓在場。他沒喝酒，你被叫去聽電話，你回來告訴宓警官，電話是他副手阿吉打來的，叫他馬上回局裡去，因為他倆在辦的一件重案有了重大的發展。於是宓善樓跳起來就走了，幾分鐘之後，有人發現了兇殺案，宓善樓回去和阿吉兩個人辦案辦到了清晨，兩個人都不知道宓警官離開後巴氏餐廳發生的兇殺案，是後來回到總局才聽人說起的。」

「合情合理。」我說。

「問題是有證人，不止一個，看見你自十三號卡座出來，或者說他們認為你從十三號卡座出來，他們都十分堅持，說從你溜出來，到女侍拿食物進去開始尖叫，時間不會超過兩分鐘。」

我說：「證人不一定全可靠。往往會把事混得搞不清楚。這你也是知道的。」

「好了，賴，我們開了天窗來說話。」他說。

「唐伯虎的名畫？」我問。

「亮話。」他說。「你要知道，本市的警方目前有自己尷尬窘態不能解決。局長倒還吃得開，但是也發生過不少醜聞。再來一次醜聞，可能就會引起很多的政治不便。

「宓警官是一個好警官，但他粗暴了一點。他不懂政治。他不在乎踩到的是什麼人的腳背。他在破案時，他自己娘都可以踩過去，他有不少外面和裡面的敵人。

「這一次，要是善樓真的和你們在一起喝過酒，要是善樓是在命案發現後才離開的，要是他和鄧吉昌聯手安排的不在場證明會被別人證明是假的，要是善樓在命案發現後，怕別人說他在喝酒所以開溜，要是他故意請人做假的不在場證明，這下事情就鬧大啦！」

「懂了，」我說，「我現在懂了。」

「你的合夥人柯白莎，支持善樓的說法。不過這件事裡有時間因素，並不太符合。」

「為什麼？」

「你也該知道，」他說，「善樓實在是命案發生後才離開的。當時全餐廳都在『開溜』。有男女在一起不想混進這事件去的。但是，善樓動作快，那女侍一開叫，他就作準備了，一聽見男侍者宣佈有人死了，他就開溜了。」

「你怎麼會這樣想的？」

「不是我這樣想的，」他平靜地說，「我知道的。」

「你怎麼會知道的？」

「豈有此理，我也在現場，我看到的。」他說：「我看到善樓在猶豫，面對香檳，喝還是不喝。然後他喝了一杯，之後又喝一杯。之後我就看他頻頻在乾杯——不過，這沒有關係。值班固然不可喝酒，然則像他這種職位的人等於是每天廿四小時在值班，大家不致太苛求他這一點。

「至於警官身分而從現場開溜，偽造不在場證明，給你施壓，要你也就範替他做偽證。那就嚴重嘍！」

我裝作完全不懂。

「唐諾，」尹科林說，「我和你一樣；我可以牆頭草，兩面倒。我可以支持善樓的說法，他這一輩子都會欠我的情。我也可以另用一種說法，報館大賺一筆錢，而警方會給搞得雞犬不寧。

「我要先和你談談，因為我想知道，你準備怎樣玩法，對我也有影響的。」

「我應該怎樣說呢？」我無辜地問：「事實上是你要怎樣說，才會影響我的說法。」

尹科林玩著酒杯，過了半晌，他嘆口氣道：「賴，你要不是白痴，一定是個聰明得可怕的小渾蛋。」

「巴尼可怎麼樣？」我問：「他怎麼可能在這件事裡袖手旁觀呢？」

「他沒袖手旁觀呀！」

「你怎麼說？他還是被牽連了嗎？」

「我有一個大新聞，」尹科林說，「我還不能發表，因為我尚沒有證據。不過這真是一件天大新聞。」

「什麼樣的新聞？」

「新聞中有你，有巴尼可。」

我把眉毛抬起來。

「而且，」尹科林說，「還包括武星門在內，就是那個被謀殺的傢伙。」

「一定是很特別的一個新聞。」我說。

尹科林一下坐過來，離我近一點，把聲音降低。「那巴尼可，」他說，「三年之前，一直是楣運當頭。突然間，他冒了出來。他擴充營業，變得很有錢。」

「這就是你說的大新聞嗎？」我問。

「當然不是。」尹科林說，「有趣的是這傢伙搭上了端木頓，是端木頓的資金在資助他。我們國家有很多人都想知道端木頓的那麼多錢，又是從何而來的。」

尹科林吸一口氣繼續道：「雖然我沒有證據，但是我知道這件事是怎麼發生的，而且我很有信心相信這是實情。武星門勒索巴尼可一萬元，這是假的勒索。巴尼可湊一萬元交給武星門，武星門又把錢還給了巴尼可，當然，扣掉了講好了給他的酬勞。」

「為什麼要有勒索呢？」

「因為，在舊金山發生了一件巴尼可也在場的事。這件事漏出消息來了。有人等著這機會要把屋頂都掀起來，但是首先一定要證明巴尼可確實在場。反之，假如巴尼可能證明自己不在舊金山，風就吹不起來。

「這就變成巴尼可的責任了，他受命一定要給自己偽造一個不在場的時間證人。他決定利用勒索案來證明。」

「滿有趣的。」

「然而，發生了不知什麼事，」尹科林說，「武星門守不住了，要不是他知道內情了，就是他另外複印了一些巴尼可不知情的照片，武星門要把它交給巴尼可太太了。巴尼可太太正在伺機要和巴尼可離婚，不過她倒不是為自由，而是為了贍養費。

「這件事，要是鬧進離婚法庭，端木頓要是不給巴尼可準備一大筆錢以供離婚，巴尼可就可能只好自認是傀儡，於是他和端木頓的關係就會曝光。有人對這樣結果不滿意。

「現在，」尹科林說，「我知道這是事實。這新聞太大。我一定要有人

名、日期、電話號碼、金錢數目，才敢揭發出來，否則動也不敢動。」

我點點頭，「我懂你立場。」

「你，」他說，「我相信能提供我一些資料。」

「我？」我問。同時做了一個出我意外的表情。

「別表演得那樣驚奇，」他說，「你一直在裝模作樣，以為我就那麼笨。我把我的話都說給你聽，目的在問你，這件事裡你想往哪邊走，這對我有太大關係，你知道。」

我搖搖頭，「我根本沒有任何想法，你把我弄糊塗了。」

「那麼你現在最好快弄清楚，」他說，「因為，這時候你假如站在牆的當中，你注定死定了……事實上，除了我，你也找不到肯幫你忙的人。

「好好想想，賴。要是我有你的支持，我可以把這件新聞釘死。

「你要失去我的支持，他們會把你釘死在武星門的謀殺案上——除非你去支持宓善樓的說法。萬一你去支持宓善樓的說法，我也要先作準備，我的報紙要——」

我看到他眼睛突然驚奇地睜大，而後瞇起來深思。

我還來不及轉身，一隻大手掌已拍向我肩頭。宓善樓的聲音說：「好了，小不點，我認為你我兩人要到總局去好好聊聊，是不是？」

尹科林很快高聲地說：「老天，你來得真快，破記錄，警官。」

「什麼意思破記錄？」善樓問。

「從我打電話通知你，當然。」尹科林說：「我們報紙要把他送去投案。我們報紙只要獨家報導。」

「你們報紙要送他投案個屁！」善樓粗暴地說：「是我全面通緝徹查他車子的牌照號碼。那麼多年和柯白莎交往，我深知白莎不肯讓他把車藏在什麼地方，租輛車來作交通工具的。當然，為安全計，全市的汽車出租店我們都查過了。」

「你們在講什麼呀？」我問。

「你知道我在說什麼。」善樓說。

尹科林站起來，他說：「警官，我不希望我們彼此有誤解。我們報社絕對對是通知了警方。」

「什麼時候？」善樓說。

「沒有多久之前，」尹科林說，「賴一進門，我暗示調酒師打電話給警察總局，指名找你，告訴你賴在這裡，並且告訴你，他多半是準備要本報陪了他去你那裡投案，為了怕他屆時另有主意，你最好親自到這裡來走一次。你真的馬上來了。」

「我絕對沒有接到這種電話，也不是因此來的。」善樓說。

尹科林站起來，向調酒師走去。

「不行，你別亂走，」善樓說，「把那個守櫃檯的叫過來，由我來問他你說的是否有這回事。」

尹科林大喊著說：「山姆，叫你打電話給警察總局找宓善樓警官，打了嗎？」

調酒師忸怩不安地楞了半秒鐘，然後他說：「當然，當然，尹先生。」

「出了什麼事，你沒找到善樓嗎？他說他沒有聽到有電話。」

「電話忙著，我的電話沒有空，」調酒師說，「等我接通，善樓已經離開辦公室了。我說我的事只可以對善樓個人說。他們說他隨時會回來，我只好留下電話號碼，叫他打回來。」

「打回來這裡？」尹科林問。

「是的。」

「打『電話』回這裡？」

「是的，我是說——或者親自來一次。」調酒師終於懂得他的暗示了。

尹科林走回來，坐下。

善樓看看尹科林，又看看我，過了一會兒，他說：「科林，你想要個什麼樣的新聞？」

「我要的新聞，」尹說，「是賴唐諾知道警方在通緝他，目的是問他問題。他找到我們報紙，說他希望有一些保障，他希望報紙答允他，他去投案，我們看住他不受不法待遇。我們報紙同意。」

「在這城市裡，你不必報紙來保障，沒有人會受到警方不法待遇的。」善樓說。

「我不是在說我們報紙怎樣說。我是在說這是唐諾——他所說的。」尹科林說。

「你愛怎麼在報上登，你登你的。」善樓說：「目前唐諾和我要去總局。我和他好久不見，要好好親熱親熱談一下。」

「當然，我一定要跟去的。」尹科林說。

「你當然留在這裡。」善樓說：「你已經有新聞可寫了。只是你絕對不可以寫我到這裡來是因為你通知的。我到這裡是因為常規、優良、可靠、聰明的警察工作方法。我全面通緝追查唐諾的公司車。一位巡警在這裡對街找到他的車，我想他也許在酒吧裡，我自己找進來的。」

尹科林說：「唐諾，你要告訴他們哪一個——」

「唐諾哪一個也不會告訴你。」善樓說：「我們警方是在查一件兇殺案。目前一切消息皆在封鎖中……小不點，走啦！」

他用手抓住我上衣的後領，我兩隻腳有一點騰空。

「我們急著要回去。」善樓說：「大家不必再浪費時間客套。」

「唐諾，」尹科林作最後試探，「那新聞，我能得到你支持嗎？」

「不准開口！」善樓說：「走了，賴。回去有得你開口的。」

他把我押出酒吧。

第十三章　公平的指認

警察總局問訊的地方實在是令人噁心的地方。

棕色上油帆布地毯上，像是爬滿了黑黑的一條條毛毛蟲。實際上，這都是香菸屁股隨意亂拋燒出來的。警察問話總是老規矩，先送上一支菸。當然他們自己也戴了帽子抽菸。我發現房間裡根本沒有菸灰缸。

原色木桌的桌面上也有黑的毛毛蟲，長短不一。窗上有鐵欄，門上有彈簧鎖，椅子都是硬背、堅固、不舒服的。看起來真的不知道是哪一年代的遺物。

房間裡除了桌子、椅子外，別無他物。

我坐在桌子一頭的一把椅子裡，宓善樓的副手鄧吉昌和宓善樓本人坐在桌子的另一頭。

善樓說：「你知道我什麼時候離開餐廳的。阿吉給你打的電話，是你轉告我的。我就立即離開了，是嗎？」

「什麼時候立即離開了？」我問。

「你給我阿吉電話裡的消息之後。」

「我給你消息了嗎？」我問。

「賴，你給我聽清楚了。」善樓說：「你現在在三岔口上，你要就聽我的，要就不聽。現在你說說看，你聽電話回來後轉告了我什麼？」

「站到證人席上我才開口。」我說。

善樓把他椅子磨著地向後退，自己站立起來，威脅地站到我面前。「你這個渾蛋，狗娘養的！我對你失去耐心了。」

「站到證人席上。」我說，「我會一五一十的說的。」

鄧吉昌說：「善樓，等一下，不要自以為是。也許這傢伙不是這意思。」

「你和我一起在用飯？」善樓說。

「是呀。」

「你喝酒了？」

「是的。」

「而我一滴也沒有喝，是嗎？」

「我會在證人席上說的。」

「你要現在、這個時候，給我講。」善樓說：「而且你要簽一個口供單。」

我搖搖頭。善樓按一下牆上的鈴，門幾乎立即自外面打開，「都準備好了。」一個制服警察說。

「來，小不點。」善樓說：「我們先給你看些東西，讓你可以仔細想想。」

他們把我帶進另一個房間，打開一扇門，帶我經過房間，善樓又打開另一扇門，說道：「ＯＫ，各位。」

五個男人亂塞著進來。其中兩個穿了囚犯制服，另兩個明顯是警察，一個人抽抽搐搐的多半是毒癮犯。

「這裡來。」善樓說，打開了另一扇門。

我們走過一個走道，來到一個櫥窗似的展示台。

這是一個長的，一側是牆，一側是玻璃，光線明亮，讓證人指認的展示台。光線太亮，玻璃外站的人我們這邊是看不見的。

一個聲音自外面給裡面一共六個人下命令：「好了，各位向右靠兩步。」

我們向右靠兩步。

「向左再靠兩步。」

我們向左靠兩步。

一陣靜寂。

我聽到善樓的聲音在說：「你們能認出什麼人嗎？」

一個女人聲說：「當然，右起第二個人。」

「你說是當中那個人？」

「沒錯，當中那個人，在他左面有三個人，右面有兩個人。」女聲說。

「這人沒錯嗎？」

「絕對沒錯，我發誓。」

「你怎麼說？」善樓問。

另一個女聲說：「沒有問題，是他。是這個男人。」

一扇門打開。「好了，」一個警官說，「統統出來。這裡來。」

我們離開展示台。一個警官打開一扇門，五個人出去，我一個人留在房間裡。

宓善樓進來，過了一下，鄧吉昌進來。

「好了，你聽見了。」善樓說：「有人指認你，命案發現前不久，你從十三號卡座裡出來……這就夠了，小不點。」

我什麼也不吭。

「我現在再告訴你一件事。」善樓繼續道：「你現在回頭還來得及。你懂我意思了嗎？

「巴尼可已經洗刷他的嫌疑了。他受武星門勒索，他同意付一萬元，目的是取回有一天晚上他和一個女人在休樂汽車旅館『休樂』的證據。

「巴尼可來找你。你去付那一萬元，拿到了照片和登記卡，但是你起了壞心，也許你自己想用來勒索你的雇主，你不肯把證據交還給巴尼可。我不知你在搞什麼鬼，巴尼可說他對你清楚得很。

「反正你自武星門那裡得到了一張自白書，說他自己是個勒索者；說他送回證據，得了一萬元。證據當時由你拿到，目前仍在你手中。

「現在，我們要這些證據，也要這自白書。

「武星門是個勒索者，假如巴尼可沒有絕對的不在場證明，我們自然會懷疑他的，但目前，你是我們頭號疑犯。」

「巴尼可有什麼不在場證明？」我問。

「他和端木頓在談一件事。在女侍發現屍體前半個小時，兩個人一直在談話——他們談話開始至少十分鐘後武星門才來到餐廳，進入十三號卡座。他們一直談到領班來告訴他們大廳裡出事了。」

「原來如此。」我說。

「要知道，」善樓繼續說下去，「端木頓自己也有解決不了的大事。有些和他敵對的人到東到西在說，他五號晚上在舊金山參與了一個聚會，與會的人共同聚集了一筆款子，想活動一件大案子在國會裡通過。」

「所以端木頓下來這裡，問巴尼可，他會不會否認他也在場。對不對？」我問。

他更正我說：「端木頓下來這裡，來找有沒有證據，可以證明那一晚巴尼可不在舊金山，而是在洛杉磯。

「巴尼可倒不是很熱心要告訴他那一晚自己在哪裡，又是在做什麼。不過萬一事態嚴重，他可以提出證據來證明他不在舊金山的。」

「於是你就找上了我。」我說。

「於是我就找上了你。」善樓說。

我什麼也不說。

「現在，」善樓說，「你告訴我，照片在哪裡？」

我告訴他：「照片在一個極安全的地方。」

「巴尼可要這些照片。」

「巴尼可不是我的雇主。我把這些照片留著要交給別人的。」

「好吧！是我們要這些照片。」善樓說：「這是證據。」

「什麼案子的證據？」

「證明武星門是個勒索者的案子。」

「這一件事不必證據，你已經知道了的。」我說。

「小不點，到了這裡憑嘴巴巧是沒有用的。你想過門，這是機會。」

「我不想呢？」

善樓獰笑道：「我們目前還不想逮捕你。但是我們要讓大家知道，已經有兩個人作證，在命案被發現前不久，見到你自十三號卡座出來。」

「真是觀察力極強的證人。」我說：「你有沒有問她們，她們那天可曾看到你有沒有喝酒？她們有沒有見到你是在屍體被發現前走的還是之後走的？」

善樓黑著臉向我，「你這個混帳，混蛋，流氓，我——」

「別緊張，善樓，」鄧吉昌說，「這傢伙反正已經被人在一行排起來的人當中指認出來了。」

「那還認不出來。」我說：「一行人當中只有一個人像我。」

善樓獰笑道：「我們倒認為這是一次十分公平的指認。這些都和你差不多年齡，一樣高矮，外型也很像。」

「嘿！」我說：「其中兩個還穿著囚犯制服。兩個是大塊頭警察。」

「哪兩個？叫得出名字嗎？」善樓問。

「我怎麼會叫得出他們名字！」

「我看你無法證明你所說的，小不點。你只可以說說而已……我倒認為這是公平指證，阿吉，你說呢。」

「當然，當然，是的。」阿吉說：「我認為這次我們出奇的做得公正。當然，我們一定要工作得快，不過我們極公正地把他放在六個人當中，是女孩把他挑出來的，兩個女人都分別把他自六個人中挑了出來。」

「有一個是看另外一個指認之後，才決定選我出來的。」我說。

「我不認為她聽到另外一個說話了。」善樓說：「我講話聲音特別小，不過也沒有太多差別。」

「你準備將我怎麼樣？」我問。

「你一直在忙一件案子？」

「是的。」

「你的合夥人，白莎一直在找你？」

「我也一直曾經抽空設法和她聯絡。」

「再說說看。」他說。

「你不想留我在這裡嗎？」

「老天！不想。」善樓說：「我們只是要查訊一下。你有絕對的自由。不過我們如果再有對你不好的證據，我們就會再來找你，證據假如再多一點，我們就把你送進煤氣室。」

「你認為你真能找出證據來？」

「喔，這一點我能確定。」善樓說：「我們真要找證據，可以找很多。我們已經有不少證據了，但是我們要絕對不冤枉好人。我們總是給犯人最大的辯護機會的。」

「所以，我現在自由了？」我問。

「當然，當然。」善樓說。

阿吉說：「不過我一直聽說你是聰明人，你該多想想。」

「想什麼？」我問。

「想每一件事。」

阿吉站起來，走向門邊，把門打開。

我走出去。

第十四章　善樓的故事

我離開總局，回去拿了公司車，開公司車去辦公室。卜愛茜看見我回去，連下巴都掉了下來。

「老天，是唐諾！」

「怎麼回事，那麼晚為什麼還在工作？」

「我以為你……你知道，警察……」

「愛茜，」我用哄小孩的聲調說道，「我告訴過你，我不是在逃，我的確是在為一件案子忙著。」

「我知道，」她說：「你告訴過我的。」

「我也不會騙你的，你知道。」

「我不覺得你在騙我，我想你在保護我，使我不要成為從犯，或是有人說我在協助你逃避。」

「不必多想了，」我說，「白莎一直在找我？」

「一直在找。」

「她在嗎？」

「在裡面。」

「好吧，」我告訴她，「我去看白莎，看她說什麼。」

我走出我私人辦公室，走過接待室，走進白莎的私人辦公室。

她用閃爍著恨意的眼光抬頭看我。

「你死到哪裡去了？」

「在工作呀。」

「要和你談談可困難得很呀！」

「我找不到一個聲音好一點的電話。」我說。

「嘿！你根本沒有存心去找才是真的。」

「算了，」我說，「我現在不是回來了嗎？——那一段時間電話可能都出毛病了……有什麼特別的？」

她說：「宓善樓要見你。」

「喔！是的，老朋友，老宓。」我說：「我見過他了。」

她臉色轉霽。「真的呀！才見過嗎？」

「是的。」

「那麼一切都談妥了，是嗎。」白莎問。

「什麼東西談妥了？」

「善樓要在任何人有機會問你前，先和你談一談。」

我告訴她說：「沒有人問我，我也沒有說什麼話。」

「那很好，唐諾，我還怕我們不能靠你吶。」

「『我們』是指什麼人？」

「你別假裝了，你當然知道。有的時候你在『誠實』和『職業道德』上面，有點冬烘了。」

我問：「最近市面上的誠實和職業道德是怎樣解釋的呢？」

「不要酸溜溜的。」她說。

「我只是問一問呀！」

「我們已經不再假貌為善了。我們注重現實。最近市面上的概念是：我們都生活在競爭的時代，在這競爭時代，只有適者生存。」

「兜了不少圈子，能不能簡單說一下呢？」

「奶奶的，」白莎說，「你真還不是普通的笨。」

「我只是要知道你的想法，可以開開眼界。」

「那你最好把眼睛睜得大大的。」她不高興地說。

「要看什麼呢？」

「看到一定要辦的事。我們要支持宓善樓的說法，百分之百地無條件支持宓善樓。」

「支持他什麼？」

「支持他的故事。」

「他的故事又是什麼？」

「你知道他的什麼故事。他早晚免不了要講的，目前他只是盡量規避而已。

「他和我們在一起。我們在喝酒，他沒有喝。他是應我們邀請一起吃飯，因為我們有些資料，他也想要。他的副手阿吉知道他在哪裡，因為他一直和總局保持聯絡的。

「阿吉因為一件他們在工作的案子有了重要突破，所以要和善樓聯絡，但是他怕餐廳麥克風廣播宓警官太招搖，所以他決定找你。他知道你和巴尼可很熟，你在那裡吃飯，巴尼可曾特別關照部下要好好照顧你。

「所以阿吉叫他們派侍者去請你來聽電話。你去聽電話，阿吉告訴你轉告善樓要立即回總部，甚至不必再去聽電話，是十分重要的事。

「你回桌子，把消息告訴善樓，善樓立即自正門回去。這一切的一切，都是在女侍者大叫，摔掉餐盤之前，更在有人說殺人、謀殺之前。」

「善樓沒有喝酒？」我問。

「一滴也沒有喝。」她說。

「為什麼沒有？」

「因為值班的警官不可以喝酒的，而且像他這種職位的男人，等於是二十四小時值班的。當然，人非聖賢，他們自總局回家也都要喝一杯的，我不過是講他們的規定而已……在我們桌子上，你我在喝香檳，善樓在用香檳杯喝有氣泡的葡萄汁。」

「這故事你已經告訴過人了？」我問。

「告訴過人了。」她說。

「你尚要繼續這樣說？」

「我尚要繼續這樣說，你也要這樣說！」

「有一天我們要宣誓之後說的，你知道嗎？」

「那我就宣誓以後再說。」

「這不就是做偽證嗎？」

「你來證明一下看，」白莎鐵了心地說，「可惡！唐諾。你知道不知道，我們在這裡找飯吃，和警方交惡，我們生意就有困難？但是我們腦子靈敏一點，舉手之勞就可以幫忙善樓不受窘，他不會忘了我們的。」

我說：「我們幫他不受窘，用的是偽證的方法。然後事情穿幫，證明我們說謊，因為我們說謊，真的兇手自地方檢察官手中溜掉，於是天塌下來了。我們的罪還不止掩飾宓警官，而是使謀殺兇手溜掉，我們的執照會被吊銷；善樓會被撤職，你會因偽證被起訴。」

「哪有這種事！」白莎嗤之以鼻說。

我問：「你有沒有注意到賣雪茄、香菸的女郎？」

「什麼意思？」

「你記得那邊有一個穿短裙、低胸剪裁，脖子上掛一個木盤，賣雪茄、香菸的女郎？」

「當然，我記得她。」白莎道：「芭蕾舞裙以上等於沒有穿東西。」

「好吧！」我說，「宓善樓向她要了支雪茄。她彎腰替他點火。他眼睛猛吃冰淇淋。

「那個女孩子在餐廳這種地方賣不了多少雪茄。大部分客人都只買香菸。她有可能認識善樓，也許她會看他幾眼，會怎麼樣呢？

「我告訴你白莎，在很多人尚未開口之前，我們千萬不要把自己頭伸出去太長。

「有關於那場大亂，大家往外跑，有的不願被人發現在現場。但是，有的人一定想趁機要知道哪些人在場，而又不願被人知道在場。這些後果現在都尚未顯現出來。到頭來，他們也會出庭作證。我們目前不宜把立場站錯了。

「我們不知什麼人殺的人、什麼時候殺的人和為什麼要殺人，過沒多久這些都會揭曉，時間因素可能嚴重得不得了。

「宓善樓，他應該是可以說實話的，他可以說，『當然，我是在餐廳裡，柯白莎和賴唐諾請我吃飯，因為我聽到巴尼可被人在勒索，我想查一查，唯一能接近的方法當然只有用社交方法進去。所以我在那裡，然後有人喊出了謀殺，廳裡的人大量往外湧。作為警官的我當即想到，這個時候最佳的守候地點，莫過於餐廳外對面的路旁，還有什麼好地方可以看到有些什麼人從餐廳裡出來呢？我匆匆出去守住那據點，不過後來沒有見到有什麼特別值得懷疑的人出來。』

「你看，假如善樓說的是這樣一個故事，裡面有不少是事實，他不會使兇手像現在那樣有機可乘；地檢官也不會怪他在裡面搞鬼，最重要的是，不會有人勒索他。

「但是，一旦你和善樓站上證人席，宣誓說善樓是在騷動發生前離開的，大家就爭著要知道事實，於是善樓受到勒索是一定而且無救的。當然不是錢，而是把柄在人手中，予取予求隨人擺佈。」

白莎的眼皮猛搧著。

「他奶奶的！」她說。

她想了一想，手伸向電話，又想一想，把手縮回。

「你懂我在講什麼了吧？」我問。

「我懂，」她說，「我認為你和善樓該談一談。」

「去他的和他談。」我說：「善樓想揍我，他想把謀殺誣到我身上來。

假如他能找到真兇也就罷了，找不到真兇，他會用我來湊數的。在這種情況下，我只能自己保護自己了。」

白莎在沉思的時候，我開門走了出去。

第十五章　籠中鳥

我等到可以確定巴尼可一定在餐廳的時候，開公司車去他的住宅，勇敢地走上門口的梯階，按門鈴。

女僕出來應門。

「我要見巴先生。」我說。

「他不在家。」

我把聲音提高。「我有要緊事見他。是巴先生雇我替他辦事，要我儘快回報。」

「他不在家，他在餐廳，你最好那邊去找他。」女僕說。

「喔！謝謝你！」我說。一面我轉身離開，突然又轉回來。「我在餐廳看他不是很方便，我要私下見他。」

「他回家很遲的。每天他在餐廳要工作到一、兩點鐘。」

一個女人聲音，低沉、很好聽，說道：「薇拉，沒你的事了。我來招呼。」

我抬頭望去，巴太太在向我微笑。

「你有什麼要事嗎？」

「是的，我要見巴先生，但是到餐廳去見他又太公開一點了。我以為現在趕來，他可能尚未去餐廳。」

「不，他離開總是相當早的……你為什麼要見他？我是他太太。有事也可以對我講。」

我裝著猶豫。「對不起，這是件私人事件。」

她說：「沒關係，先進來坐坐。不問你這些。」

我又猶豫一下，跟她進入起居室。

「來一杯？」她問。

我笑一下，說道：「不了，謝謝。我在工作時間——可以這樣說。」

她說：「你在替我丈夫做件工作，是嗎？」

我想了一想，小心地回答道：「可以這樣說。」

「我是他太太，你知道嗎？」

「是的，我知道。」

她毅然決定，引誘地微微一笑，把雙腿交叉，她說：「其實我也知道你是什麼人。你是賴唐諾，你是私家偵探。你是柯賴二氏的資淺合夥人。」

我假裝十分驚奇。

她的語調冷冷，但仍是十分有引誘力。「唐諾，我的丈夫是不是雇你來做我的工作？」

我過分強調地搖搖頭。

「那他雇你做什麼呢？」

「我認為我不能討論這件事——我是說你最好去問你先生，巴太太。」

「請你做的工作有了結果，是嗎？」

「是的。」

「什麼結果？」

我說：「你一定都知道的，都在報紙上。」

「喔！」她說：「你在指謀殺。」

「是的。」

「你找出了和這件事有關的線索。是嗎？」

「是的，可以這樣說。我想和巴先生談一談。」

「你認為和我談一談，不太妥當，是嗎？」

我猶豫一下，「可以這樣說。」

「你有了新方向，新線索，是嗎？」她問。

我說：「可以這樣說，是的。——其實，也許我對你說，也沒多大關係。」

「喔！賴先生，你能這樣說，太好了。」她說：「我每天晚上，一個人坐在這裡，也實在無聊得緊。要知道，我丈夫必須下午開始工作，整整傍晚，直到清晨一、兩點鐘。每天如此，把我一個人——你知道，什麼叫籠中鳥嗎？」

「非常美麗的鳥。」我說。

她嫻靜地把眼光下垂。「謝謝。」她說，用兩隻手指把裙子下襬向下拉十六分之一吋，以提醒我注意一下她美妙的膝部以及尼龍絲襪下的雙腿曲線。

我說：「要查這件案子兇手是什麼人，這是件大案子。要查死者生前的一切，他有些什麼朋友、有些什麼敵人、什麼人會有要殺他的動機。」

「這我懂。」

「在武星門這件案子中，目前還沒有人知道是什麼動機——」

「有沒有想到過勒索的動機？武星門可能在玩勒索的把戲。」她說。

「有，我有想到過，你可能是對的。但是，要一個人去殺人得有很強很強的動機。

「不過，我特別在意的是到現在為止，沒有人有辦法和他的太太聯絡。」

「這我懂，那女人太可憐了。」

「假如不是另有蹊蹺的話，就是個大慘劇。」

「你什麼意思，另有蹊蹺？」

我說：「假如他太太並不真是他太太，而是他同居而掩護著的人。她偽裝武太太。據說她一直戴著黑眼鏡的。她是一個漂亮的金髮女郎——和你差不多年齡，身材相似，不過實在也沒多少人見過她，她不太出現在人前面。」

「那是因為她為一家大百貨公司採購，經常在旅行的關係。」

「沒有一家大百貨公司說有這樣一個人呀！」

「為什麼一定要是本地的百貨公司呢？不會是芝加哥或舊金山的百貨公

司嗎？」

「舊金山是查過了的。我想他們尚未試過芝加哥。在芝加哥的百貨公司工作，而住在這裡，可能性不大。」

「為什麼？她來來去去，她來的時候少，去的時候多。要知道現在是噴射機時代。」

「是的。」我說，「你說得有理。」

兩個人靜寂了一陣，她說：「你說你有事要告訴我丈夫，是嗎？」

「是的。」

「就是有關她的事？」

「是的。」

她變得十分注意。「唐諾，是什麼。」她把語調降低，好像要和我共享機密。

我說：「那女人假裝武太太。她有一張武太太的信用卡。我找到她用信用卡買過汽油的加油站，我得到一個十分清楚的外形形容。加油站的人看到她時，她沒有戴黑眼鏡。他能指出她是什麼人。」

「真的呀！」她說：「那加油站在哪裡？」

我變成小心謹慎，我說：「這正是我要告訴你丈夫的。」

她想了一下，「你聽別人說過她長成什麼樣？」

「幾乎和看到過她照片一樣。」我說。

「可憐的女人。」巴太太說：「想想看，她目前的立場。她很可能現在和她真的丈夫住在一起，朋友們都尊敬她。如此一來名譽全毀，一生也糟蹋了。」

我假裝在想。「有可能。」我承認。

「唐諾，這樣好嗎？你不必再急著為這件事找尼可。尼可回家，我會等候合適的時機來告訴他。我告訴他，你已經有好的線索可以追查這個武星門太太，有新的證據說這武星門太太可能是另外一位有夫之婦，一直在過著雙重身分的生活。」

「這種事我想不應該瞞著巴先生。」我說。

「你不是要瞞著他，你已經報告我了。巴先生正忙著餐廳的生意。我知道他有一千零一件事須立即處理，他不要有人打擾他。他回來時我會告訴他的。」

「那就謝了。」我站起來。

她笑了。她說：「現在，你的責任解除了。來一杯酒如何？」

我猶豫一下，我說：「我仍認為不喝的好。不過我還是謝謝你，巴太太。」

她把小嘴撅起。「我還以為你會說好的。你看——我一個人坐在家裡有多無聊。我又不喜歡織毛衣，要我養貓我寧可自殺……唐諾，我很寂寞。」

「我能瞭解。」我說，「我想你……喔，算了！不談了。」

我把眼光移開。

她走過來站在我邊上。

「實在也是好久好久沒有人帶我出去吃飯了，我喜歡有男人獻一點小慇勤，在餐桌旁服侍我就座——有時我感到我自己實在太不值得，坐在家裡，一個人，一天又一天，一個人看電視。假如我不穿得漂亮一點，我就顯得邋遢了。假如我打扮好，又只能一個人對鏡欣賞……唐諾，我剛才雙腿交叉，有沒有太暴露？」

「沒有。」

「我看到鏡子，鏡子裡可以看到不少呀！」

「長鏡子可以反射較低的位置，人的眼睛看不到那麼低。」

「我沒有嚇住你嗎，唐諾？」

「你使我發生興趣了。」

「你認為我的腿不錯吧？」

「非常美麗。」

「喔！」她說：「你嘴巴還真甜。」她挑逗地在我臉上摸了一把，「你真會拍馬屁。」

我笑著說：「我相信每一個說你腿美的人，你都對他來這一手。」

「這些日子來，男人不多囉。」

「這倒真是件大罪惡。」我說。

「我的丈夫付錢給你，不是要防制罪惡嗎？」

「可以這樣說。是的。」

「唐諾，一定要走嗎？」

「是的，我有工作要做。這件事我還未做完。」

她嘆氣：「好吧。」她說，「不過，你要記住了。」

「記住什麼？」

她笑道：「記住我呀！」她送我到大門口。

她的目光看著我走下階梯，目光裡沒有恐懼。

停在院子裡是輛不同牌號的雷鳥。

巴尼可也許在開凱迪拉克。

第十六章　照相模特兒

我帶了一客三明治、一熱水壺的咖啡、一整包香菸，開車到可以觀察武星門太太購汽油的那家加油站前一個停車位，開始等待。

我是準備要較長時間等待的。

但是不然，等不到三十分鐘，巴太太就駕了那雷鳥駕臨了。

她還是那麼妖媚。她自車中出來，去了次洗手間，回來時不露痕跡地和正在加油中的職員聊聊天。她站得離他很近，抬頭向他露出微笑，差不多花了十分鐘，他替她檢查了輪胎，檢查了電瓶，檢查了機油，而且不時交談著。

她一離開，我就走向那加油職員。

「嘿，又是你。」他說。

「是我。」我說。

「遺失的信用卡找到了嗎？」

「差不多。」我說：「剛才在這裡，開雷鳥車的女人，幹什麼的？」

「她？」

「是呀，我想知道她一點。」

「真是個好女人，有禮貌，客氣，漂亮——」

「她用信用卡？」

「不是，她付現鈔。」

「不知道她是誰吧？」

他搖搖頭：「我從來沒見過她。」

「她來問些什麼？」

「喔，女人都是一樣的，她自報上看到兇殺案。她知道姓武的住在這一帶附近，她想問我有沒有見到過姓武的，她指給我看他公寓離這裡很近。然後她問到武太太，我對武太太的印象等等。我告訴她我那能對每一個顧客都有印象，不過我說我在信用卡上偶爾一、兩次看到武星門太太這個名字。不過這些信用卡上的人名，對我只是一個名字而已，自信用卡上我回憶不起她們長得什麼樣子。但是我記性不錯，給我看到人，我會知道我有沒有給他加過油。

「這位太太好奇心很高是真的，但是相當善意的。」我說：「我想請問你一件重要事。有沒有可能，會不會，這一位才和你說過話的女人，她曾好幾次到這裡來加過油？」

他吃驚地看向我。

「怎麼會，」他說：「一點點鬼的機會也不會有。」

「謝了。」我告訴他，開車離開。

武星門太太已知的有過一次曾經使用過巴尼可的車子。她三十二或三十三歲，是金髮碧眼，大多數時間白天黑夜都戴著太陽眼鏡。我所說的形象使巴尼可太太陷入了困境。

武星門太太和巴尼可太太，事實上並不是同一個人，粉碎了我的理論，使我必須重找出路。

我估計，在任何人真正嫁禍於我，收緊口袋之前，我尚有二十四至三十六小時的自由。除非我特別幸運，或是能保持中立，拖一下算一下。

我拿起電話，打電話給巴尼可。

他情緒非常惡劣。

「賴，」他說，「我一定要立即見你。我有件工作要你做。」

「什麼樣的工作？」

「這次是件大工作。」

「是你的工作，還是……」

「不不，這次是為我工作。我要你到我辦公室來，越快越好——只要你能來，你現在是自由的吧？」

「當然自由的，完全自由。」我告訴他。

「我現在在我自己辦公室。你多久能到？」

「十五分鐘。」

「十分鐘更好。」他說：「我不在乎錢，這件事太可怕了，真太可怕了。」

「馬上見面談。」我說，把電話掛上。

我感到這可能是一個陷阱，但目前我的處境必須不斷向前走，我只好冒這個險。

巴尼可在他二樓奢侈的豪華大辦公室內，雙眼下有黑圈，他看起來糟糕極了。

「賴，」他說，「我不喜歡你。」

「嗯，好的開始。」我說。

「不過，你是一個有原則的人。你為了對一個技術上是你雇主的人忠心，你甚至不顧自己的利害。他們都說你聰明。我相信他們的話。我知道你對雇主忠心。我就買你這份忠心。」

「要多少忠心？」

「能出售多少，我都要。」

「你要我幹什麼？」

「我先告訴你一個故事。」他說。

「請講。」我告訴他。

巴尼可說：「這次我們不要再誤解了。我雇你是要你保護我的利益。」

「什麼是你的利益？」

巴尼可用舌尖潤濕一下他的嘴唇，「他們要把這一件謀殺案誣到我頭上來。」

「哪一件謀殺案呀？」

「武星門呀！」

「怎麼會？」

「你知道端木頓嗎？」

「知道。」

「武星門被謀殺的時候，他和我在一起，但是有人給他壓力。照他現在的回憶，他有十分鐘時間，和在舊金山的人通長途電話。」

「用哪部電話？」

「就在這辦公室外的一個電話間裡。現在他說他背對著我的，我有機會溜出去。」

「你有沒有溜出去？」

「當然沒有。」

他的眼光猶豫不定。

「你有沒有溜出去？」我再問。

「我只是走出辦公室半分鐘。端木頓在電話間裡，他的背半對著我，他應該看到我出來進去的。」

「你是出去過？」

「是，沒有超過半分鐘。」

「那是什麼時候？」

「餐廳出事五分鐘或十分鐘之前。」

「你是指女侍發現屍體？」

「是的。」

「想要我幹什麼？」

「有的事是掩飾不住的，尤其在謀殺案的調查裡，」巴尼可說，「人都喜歡自以為聰明，見到風就是雨。外面謠言太多，多在說武星門在勒索我。」

「把老實話告訴他們，」我說，「告訴他們這是假裝的。」

「這倒沒什麼大不了，」他說，「我擔心的是下一步。」

「什麼下一步？」

「有謠言說武星門要把照片拿去交給我太太。」

「他另外還有拷貝？」

巴尼可點點頭。

「你怎麼會知道？」

巴尼可說：「這渾蛋要我付兩萬五千元。」

「你有沒有殺了他？」

「沒有，真希望是我殺了他。」

「你知不知道什麼人幹的？」

「不知道。」

我說：「我一定會查出來什麼人幹的。要是是你，我還是要把你送官的，我沒有其他辦法。」

「我沒有殺他。」

「真的不知道什麼人殺他的嗎？」

「真的。」

「好吧！」我告訴他：「我要加大一點壓力。」

「對誰？」

「對謀殺犯——假如你是謀殺犯，壓力就加在你身上了。這一點希望你瞭解。」

「我瞭解。」

「我現在要照幾張彩色照，而且要立即印出來。我知道一家店可以替我服務。我要你提供照相模特兒。」

「什麼模特兒？」

我看看手錶。

我說：「我知道一種好相機，你告訴我，哪一位是侍候武星門的女侍，就是發現屍體的那個女侍？」

「貝比。」他說。

「好，」我說，「把貝比請來，請廚房準備兩份中式晚餐。我立即去買相機，你二樓不要讓客人上去，等我拍完照再說。」

「這些照片你要用來做什麼？」

「拿來裝裝樣子，」我說，「你要我工作可以先開一張一千元支票給我，我立即去買相機，也立即會把相片洗出來，二十分鐘一定回來，讓中餐部和貝比準備好。」

我開車去那家我見到過有快鏡頭新式相機的店，買了相機和一卷軟片。二十分鐘內回到了巴氏餐廳。

「一切就緒了嗎？」我問。

「一切就緒了。」他說。

「我們馬上工作。」我告訴他。

我們走出來，貝比在等。

貝比是個美麗的金髮碧眼女郎，身材也美，明眸皓齒，十分自信。

巴尼可給我們介紹。

她看向我，她說：「想要我做什麼？」

我說：「我要你摔一跤，把一盤食物摔得一地。」

她奇怪地說：「再來一次？」

「再來一次。」

「上次已經夠糟糕了，再來一——」

「我會請別人清理的。」巴尼可打斷她說：「賴先生叫你怎麼做，你就照做好了。」

「是的，巴先生。」

我加一句道：「不過一切都要保密。」

她點點頭。

我特別注意請他們把餐廳當中的燈光開到最大。

「我先對對光。」我說。

我一面假裝對光，一面照了三張她的照片，照相機快門開閉時聲音很小，貝比根本聽不到。之後，我叫她托著盤子，摔下去的時候照了一張相。在貝比倒坐在地，一大堆食品狼藉地上時又照了張相。

「再露點大腿。」我說。

她把裙襬向上拉。

「哇！太多了，拉回去一點。我們不是替《花花公子》雜誌拍照。這是新聞照。」

她把裙襬下拉，一面說：「你怎麼說都行，這樣如何？」

「再拉上一點點。」

她把裙襬又拉上一點。

我按快門三、四次，把各種姿態多照幾張備用。

「好了。」我對巴尼可說，「叫他們來清理好了，千萬別對他們說怎麼弄成這樣的。叫貝比別亂講，你控制得了她嗎？」

「當然，沒問題。」

「ＯＫ，」我說，「那就開始控制她吧，叫她把這件事忘了。」

我走去照相館，請他們把照片洗印出來。兩小時後，一切都辦妥了。

我把女侍貝比摔跤摔翻餐盤那一張照片，放進身上的皮夾，把其餘的全放進一個信封，信封上寫我辦公室地址和賴唐諾親收，把信封投入郵筒。

我打電話到卜愛茜公寓。

「愛茜，有什麼新鮮發展沒有？」

「沒有。」

「完全沒有？」

「什麼也沒有，寧靜極了。」

「那很好。」我說。

「不見得，我覺得不好。」她說：「大風雨之前的寧靜。我幾乎嗅得出有不對勁的地方。連白莎也在用腳尖走路。」

「什麼新發展也沒有，你說？」

「什麼也沒有——喔，有一個人自愛西尼大給你來了張明信片。」

「什麼人？」

「沒名沒姓。」

「愛茜，上面有文字嗎？」

「只有印著的文字：『夢妮娜祝你好運。』」

「那很好，」我告訴她，「這件事不再談了。這是廣告手段，是汽車旅館拉主顧的方法而已。」

第十七章　相片證據

天沒亮，我離開洛杉磯，晨曦才露，我已到了愛西尼大。

夢妮娜汽車旅館說他們是有一位馬美儂住在裡面。我就走過去敲她的門。第二次敲門，才聽到裡面有反應。

「什麼人？」她問。

「唐諾。」我說。

她猶豫一下，「姓什麼？」

「賴。」

「等一下。」她說。

我聽到腳落地的聲音之後門開啟。她穿了睡袍站在那裡，頭髮垂到頸下。

「嘿，」她說，「你真會挑時間，在一個女人最不能見人的時候來拜訪。」

「我看你很漂亮呀。」我告訴她。

「什麼大事？」她問：「使你這麼一大早就下來了？」

我在長長走道上，上下地看著。

「進來吧。」她邀請道。

我走進房間。這是一個標準的高級汽車旅館房間，床單是皺的，但是其他一切又清潔又整齊。所有衣服都在壁櫥裡，除了幾件尼龍內衣在椅背上。

她開始撿拾那些東西，然後看了看大笑。「算了，你又不是沒有見過這種東西。唐諾，你坐下來。我這裡生活很愜意，所以我總磨菇到真正想睡才睡。」

「我在計算，現在大概你可以回去面對現實了。」我告訴她：「除非『現實』先下來面對你。」

「目前為止，沒有人來打擾我呀。」

我說：「不過我故意留著一個尾巴的。」

「為什麼？」

「因為，」我說，「我特意要他們不能硬說你在逃。」

「什麼意思？」

「假如你想逃，表示你有問題。在加州，逃亡是有罪的明證之一。但假如你是主要證人之一，我可以把你貯藏備用，變成另外一件事。」

「所以你故意留一條什麼尾巴呢？」

「我開我公司車來的。」我說：「車子登記的是柯賴二氏偵探社的。警方曾經通緝尋找這輛車找到過我一次，故技重施自然很容易。」

「你準備怎樣處理呢？」

「登記住店。在這裡一整天，今晚開車回去。」

「你去登記去。」她說：「我要沖個澡，刷刷牙，把自己弄好看一點。目前我感到見不得人。」

「一起用早餐？」我問。

「半小時之後。」

「你已經有好地方可以用早餐了嗎？」

「我可以告訴全世界我知道一個好地方用早餐。當然不是旅館餐廳的火腿蛋、溫咖啡。而是一個小地方，他們有火烤麵餅、木瓜和芒果。」

「我喜歡，」我說，「半小時後回來。」

我去辦公室，用我真名登記，也登記了我們公司車牌號碼，等足半小時，回去接馬美儂。

經過打扮，她還真是漂亮，更何況她既有的本錢：長腿，線條好，正常，健康。

「巴尼可見我失蹤了，有說什麼嗎？」她說。

「他根本沒有和我談起過你沒上班。」

她思索地說：「奇怪。」

「有點意思，」我說，「不過目前我們該享受一下。」

我們吃東西，我們去游泳，我們懶臥在沙灘上曬太陽。我們租了一艘有動力的船在海灣裡徜徉，也出海猛駛。最後我們沿沙灘慢慢的走回去。

走了很久，來到一處全是沙丘。沙丘是沙灘被風吹成的，一堆堆白色的沙被吹成向海斜坡淺而長，向陸斜坡陡而短的沙丘，向陽反射陽光，向谷且有陰影。

我們躺在沙丘之上。馬美儂把頭枕我臂上；之後又枕我胸前，安靜地睡著了。

過了一會兒，我也睡著了。她移動位置才把我吵醒。我張開眼睛時，她在看我的臉，嘴角上露著微笑，眼睛裡有眼淚。

「又怎麼啦？」我問。

「沒什麼。」她說，「只是我——」

「所以又想哭了？」我問。

「嗯哼。」

「為什麼呢？」

「我真高興認識了你，可惜不能早認識你。而現在——現在我為你擔心。」

「擔什麼心？」

她說：「只要他們不知道我會站在什麼立場說話，只要我隨時可以站到證人席上去，說你是讓我路，你退後一步退進十三號卡座，你沒有真正進去，他們誰都不敢把這件謀殺案誣到你身上來。他們也怕你反攻的。

「不過，假如我……這樣說吧，出不了頭——你知道警方是怎麼辦事的。他們會替他們的證人洗腦；他們會只找對他們有利的證人；對你有利的他們會用『不足為信』擋拒，結果你當然可想而知。」

我搖搖頭，「法律規定對謀殺罪的判定是要『絕無疑問』的。他們不能『絕無疑問』地證明我有罪，虛構出來的也許夠他們逮捕我一陣，不過最多如此而已。」

「別自欺了，」她說：「我要不在呢……」她向我笑笑，又說：「我是你的生命保險。」

我點點頭。

她低頭吻我，抬起頭來對我說：「所以你該好好保護我。」

日光斜照，所有東西的影子都變長了。我們又沿沙灘漫步，找了個地方好好吃了頓晚餐。

「你在這裡過夜？」她問。聽起來挑逗多於問話。

我搖搖頭。

看得出她很失望。

「我下來的目的都已經達到了。」我告訴她：「現在開始沒有人可以誣指我們在逃。假如我能平安返回洛杉磯，我手上有租房收據，這裡又有我的登記卡，在在證明我在辦案，下來辦案。」

「我懂了。」她說：「我也搭了便車了。我是一個主要證人，你把我藏起來，免得事前曝光。當然絕對不是逃亡。」

「對了。」

「能明早走嗎？」

「不太好，」我說，「在情況好的時候，應該走。」

她深吸一口氣，大笑道：「好吧，唐諾，你懂。」

吻別的時候，我看得出她是認真的。

我開到邊界時，被攔下來了。

公路巡路警察說：「有通知在找你這輛車。駕照拿出來看看。」

我把駕照拿出來給他。

「喔！」他說：「你等在這裡，我要打幾個電話。」

他走進電話亭，十分鐘後出來。他說：「賴，你現在去哪？」

「我準備直開洛杉磯寓所。」

「你曾去了哪？」

「邊界之南。」

「多遠？」

「愛西尼大。」

「幹什麼？」

「訪問一位證人。」

「什麼證人？」

「我在調查的一件案子。」

「你假如不合作，對你大大不利。」

「但是別人付我鈔票，目的在收集資料，」我說，「不在廣佈資料。」

「你是個私家偵探？」

「你一定有指示的，你也見過我駕照。你是有備而來的——也許可以說你上級是有備而來的。」

「你什麼時候下去愛西尼大的？」

「今天一大早。」

「多早？」

「真的非常早。」

「我們在天亮前就在等你。你不是準備逃亡吧？」

「假如我想逃，」我說，「我又回來幹什麼？這一點請你不要忘了寫在你的報告裡。」

他想了一下，說道：「好吧，賴，你可以走了。我們沒有什麼要控告你的。我們只是查一下而已。」

我繼續開車，一輛警察摩托車，拉著警笛又把我攔下，停向路旁。

又一次我拿出駕照。

加州的公路巡邏警官很客氣，而且帶有歉意。

「賴先生，洛杉磯郡有一個公報說是要找到你。他們為一件謀殺案，要訊問你一下。」

「你是不是要逮捕我？」我問。

「不，我不要逮捕你。」他說：「我當然可以把你暫時拘留起來，但是我認為並沒有必要。不過，我要讓你自己開車，由我開摩托車跟著你。我也要用無線電話通知洛杉磯，說是我保護你進城。」

「沒問題，」我告訴他，「反正我也無權不讓你跟在我車後。」

他露齒地笑道：「那就這樣決定了。」

我們快速地在公路上移動。一進洛杉磯市區，宓善樓就在一輛警車裡等著我。

「好了，賴。」宓警官說：「你應該承認，你延誤了我們訊問和調查武星門被謀殺這件案子了。」

「我沒問題，」我說，「權柄在你手上。你想使用，你就使用。不過我要警告你，善樓，你犯錯誤了。」

「省省吧。」他對我說：「我給過你機會叫你合作。現在我要收緊一點鏈條，看你受不受得了。」

我們一起來到總局，善樓把我帶到收押登記處，對警官說：「搜他一下。」

警官搜我全身，把我口袋中每一件東西都拿了出來。

自上裝內袋，他們搜到了我放了照片的信封。

警官看到彩色照片上，貝比摔掉餐盤的鏡頭，他說：「這是什麼？」

他又立即轉向宓善樓說：「警官，我想我們找到了些東西了。我看這些東西和你在調查的那件案子有關。」

善樓笑得嘴巴都咧到兩側耳朵去了。「他是個聰明小子。」他說：「我就知道他一定藏起一些證據不告訴我們的。小不點，你藏起了什麼了？」

我搖搖頭。「你自己看好了。」

善樓露出牙齒，拿起照片，看向它，把眉頭皺起。突然他下巴下垂。

「這渾蛋。」他低聲地說。

「這不就是那發現屍體的女侍嗎？」警官問。

善樓半閉著眼，集中全力在研究這問題，最後他說：「誰知道，看來像就是了。」

「很容易知道呀。」警官說：「假如現場有人在用照相機照相，我們能找出來是什麼人，再把他整卷底片給拿過來，一連串照的整卷底片，有時可以顯出很多情況來的。」

我看向善樓，看到他突現的驚慌。

這次輪到我笑了。

善樓對那警官道：「這個傢伙運氣好。他是個有勇氣、能幹的私家偵探。假如餐廳現場有人在用照相機照相。這個小王八蛋，一定是第一個能找到這個人，拿到相片的。」

他轉向我。「小不點，這照片哪裡來的？」

「不能說。」我說：「我有權保護我消息來源。」

善樓一拳打上我胃部，「這是謀殺案，我們不准私人狗腿保護消息來源。照片哪裡來的？」

我有一點想吐，但是我大大的裝佯。我捧住肚子，把腰彎下來，嘴裡哼著，搖了兩下身子，雙膝一軟，人就跪倒地上。

善樓一腳踢我屁股上，我向前一倒，躺在地上不起來。

一位警官匆匆向前，拉住善樓，用低聲說話，提醒他這樣做不行。

警局裡另外有一些被拘留的人，同情地看向我。

滿臉恨癢癢的善樓說：「起來，你小不點的渾蛋。你要不告訴我你從哪裡拿來這些照片，我今天要活剝你的皮。」

我掙扎著站起來，看向他的眼裡，我說：「假如你想要這些照片，我保證你把這一卷照的都公佈出去，也許這樣對你更好一點。」

善樓想說什麼，改變主意，又仔細看了一下那張照片，他說：「帶他下去，把他關起來。」

我被帶下去，帶進一個牢房，裡面有洗手間、抽水馬桶和兩個鋪位。監牢裡消毒藥水的味道充滿全室。

有十五分鐘，我單獨在裡面，然後，宓善樓進來，他也是單獨一個人。

「小不點，我抱歉，我一時脾氣太大了。」他說。

「去你的。」我說：「我想你已經把我的肝臟打破了。」

「你才去你的，我只是拍你一下，提高一點你的注意力。」善樓說：

「我又沒有打你。」

「我要找個醫生看看。」

善樓一下又被我觸怒了，他強自克制即將發作的脾氣。「好吧，唐諾。」他說：「你以為你受傷了，我們可以准你去看醫生。反正目前我們也沒有一定要留你在這裡的理由，只是我對你一下去墨西哥的事，不太高興。」

「為什麼？」

「我告訴過你，我們在調查你。我不喜歡你跑掉。」

「我又不是在跑掉，我是在跑回來。」

「照片哪裡來的？」

我搖搖頭。

「謀殺現場有人在照相。相片、底片都是證據，」善樓有耐心地說，「重要證據。至於，藏匿證據犯，會有什麼罪名，你也是知道的。賴，你我兩人是站在不同的立場，但並不表示不能做朋友。」

我什麼也不說。

「我一定要知道這張照片一些事。」

「什麼事？」我問。

「這是證據。」

「能證明什麼？」

「能證明——能證明女侍把食盤打翻。」

「沒錯，」我說，「照片可以證明女侍把食盤打翻。這有什麼特別呢？和謀殺、和兇手，毫無關係。這只和女侍有關。女侍的身分，已沒有問題。她拉開布簾，看進卡座也沒有問題。那時謀殺早已完成。兇手無論已逃亡或在場，照片上是看不出來了。這張照片，地方檢察官甚至無法呈庭算證物的。」

「這倒不見得，」善樓說，「我要知道這照片怎麼來的，我要這照片的底片。」

我搖頭。

善樓向前傾，抓住我上衣衣襟和襯衫。他把我一拉拉到他面前，「你這小流氓。」他說：「你不肯讓我拿到，我把你臉打扁。」

「你這個大猩猩。」我反唇道：「你喜歡找我麻煩，我就把整卷軟片公佈出去。你再想想看，全場目瞪口呆的時候，你不正手裡拿著香檳杯嗎？」

「你恐嚇我，你這狗養的！」善樓吼道：「這是對待曾經有恩於你的人的辦法嗎？」

「你？你有恩於我？」我說：「我的胃還在不舒服，我要去見醫生，我認為我的肝臟被你打破了。你是一個出手重的粗人，你自己不知道你出手重！」

善樓自身上摸出一支雪茄來。用臼齒粗野地把尾部咬下來，他說：「好好，跟你真是扯不清楚。你給我滾吧！滾遠點！」

第十八章　天字第一號大嫌疑犯

我回到辦公室，拿回了我自己寄給自己的那些照片。發現有一個留言，叫我立即去巴尼可的餐廳。當我到了那裡，巴尼可無助地看向我，像是一隻落在陷阱裡的野獸。

「端木頓已經在舊金山告了一家舊金山的報紙，說他們破壞名譽。」

我點點頭。

「我將被傳去作證人。」巴尼可說。

「證明什麼呢？」

「證明報上說端木頓在舊金山召集大家開會纂集政治捐款那一天，我根本不在舊金山，而在洛杉磯，就是勒索那一天。」

「他們要你一定要這樣作證？」

「是的。」

「武星門本來也是應該出來作證這件勒索案的，是嗎？」

巴尼可不安地扭動一下，「只是在必要的時候。」他說。

「現在，武星門死了。他沒有辦法出來作證了。」我說：「這下你作繭自縛了。」

「你什麼意思，作繭自縛？」

我打開我的手提箱，拿出我所照，我自己的車子停在休樂汽車旅館前的照片。「這張照片，你看得出什麼嗎？」

他看向照片，他說：「很像武星門替我車子照的相。」

「太像了。」我說：「兩張照片都是放好位置，特意拍的。」

「這一點你以前說過。」

我說：「是的，我要再說一遍。另外，你那張照片，拍攝的日期等於是寫在相片上的。」

「什麼意思？」

「照片本身說明了拍照的日期。你的相片是十三日星期一拍照的，不是六日。」

「你瘋了？」他說。

「你看那張照片。」我說，指向我拍的照片。

「怎麼樣？」

「這是星期二，十四日拍的。」

「又如何？」

「見到這一邊正在向上造的公寓建築嗎？見到樓板的鋼樑一層層在向上造嗎？

「你忘了大廈的建築是一層層造的，哪一天，造到第幾層是有記錄的。照到了大廈建築進度，不是等於把照相日期記在相片上嗎？

「這座十層公寓建築正在拚命趕工，希望比預定時日超前。每提前一天完工就有七百五十元的獎金。建築商有把握打破紀錄，他也很想拿這筆獎金。」

巴尼可想了一下，面上沒有表情。

「現在，」我說，「我們來談談武星門的被謀殺，他是在你的地盤被謀殺的，又有這一段勒索的搞七捻三事件。

「以他是勒索者的地位，勒索目的已達到，你已付款，沒有必要殺人，事實上，你根本沒有謀殺人的動機。但是，一旦有人開始懷疑，你的勒索是安排好的假戲，你就是天字第一號大嫌疑犯。」

「為什麼？」

「因為，武星門可能事後真的用這一點向你勒索了。」

「那怎麼可能，他絕不會幹這種事的。」

「這是你以為。」

「假如我能和端木頓當面談一下，我的不在場證明是絕對可靠的。他在門外打電話，我不可能溜過他前面而他看不到的。電話間就在門外。」

「他是在講電話，他的背對著你。」

「他那麼講嗎？」

「依據我從收音機上聽來的，他說，他打電話的位置，假如你出來，他是應該可以看到你的。你注意了，他說是應該可以看到的。他沒有說絕對看得到的。他沒有十分把握做你鐵的後盾。那只是他的概念，事實上，你也確實短短的離開了一下房間而他並沒有發現。」

「賴，你到底在想什麼呀？」

「你一定要自清，」我說，「否則到時你脫不了身。」

巴尼可用手背擦了一下出汗的前額。「能怎麼辦？」他說：我有點被套牢了。」

「你不是被套牢了。」我告訴他：「眾矢之的，倒是真的。你總得信一個人，你可以把相信我作為開始。我告訴你，宓善樓警官會拜訪你，問你我從哪裡得來一張女侍者貝比摔掉食盤自己摔倒的照片。他會問你，我是怎樣找到那用照相機在照相的人——」

「他十五分鐘之前早就打電話來問過了。」

「怎麼說！」我問：「你怎麼回答他的？」

「我怎麼敢說謊，他是警察呀。」

「你告訴他這是事後假裝的？」

「當然。」

「是我拍的？」

「是的。」

「你笨蛋，」我說，「那張照片是我免於被捕的黃皮書，只要他們不知道照片來源，他們不敢亂動，也不敢把這件事套到我頭上來。現在沒有得玩了，你把你自己雇的一流偵探推進謀殺案去了，除非他們仍死咬著是你幹的，否則我馬上，立即，現在要倒楣了！」

我看向這辦公室的出口門，又看向側面的一扇門。「這扇門通哪裡？」

「一個小房間。」

「小房間裡有出路出去嗎？」

「有，有個私人用的樓梯可以下去到廚房。我一面辦公，一面在注意——」

我已經來不及去聽他下面的話。我經過這扇門，進了一個極小的房間，自小樓梯下去到廚房，經廚房直向後門。

我來到一條後巷，巷子很長，兩側有不少發散酸味的垃圾桶。我向巷子上下一看，離開兩頭的大街一樣的遠。

我退回廚房，一個東方人廚師在切洋蔥。

有兩、三件白制服及帽子在鉤上掛著。我匆匆戴上帽子，把制服穿上，上去幫他切開洋蔥來。

東方人廚師好奇地看我一眼。

我們聽到聲音，宓善樓的聲音在說：「這次再給我捉住這小渾蛋，我要把他關起來，把鑰匙丟掉。」

他自樓梯下來，匆匆向廚房一瞥，看到我們兩個在切洋蔥的側影，一陣風跑向後巷。

我塞二十元在東方人廚師制服口袋裡，自己脫掉白衣服，經過廚房走向正門。

善樓的警車，引擎未熄，紅燈在閃，停在巴氏餐廳正門口。

我裝作毫不在意地走向路邊，揮手叫計程車。

停在路側的計程車慢慢發動，終於開向前，讓我坐進去。正要關門的時候，宓善樓自大門邁步而出。他像美式足球員玩球時一樣撲向我。

有一招我一直是滿佩服他的，他的人到時，手銬已經銬上了我的一隻手。

「你這個狗娘養的同花假順。」他說：「你這個小不點的大渾蛋！這一次有你玩的了！」

他用手銬把我自計程車中拖出來。

門口集結了一小群看熱鬧的人。

善樓用粗暴的手段制服我，把我塞進警車。

「你竟敢用假照片來騙我！」

「照片有什麼假不假？」我問。

他不齒鄙夷地大笑。「你故意引我去想，除了這一張之外，尚有一個人一連串的拍了很多餐廳裡的照片。」

「你在說什麼呀？」我說。

「我在說的，」他喊道，「是你偽造的那張照片，擺好了姿勢照的相片。」

「當然我要擺好姿勢才能照相。」我說：「我又沒有告訴你這是謀殺案當時照的。我更沒有告訴你什麼謀殺之夜有人照了一套照片。」

「你是沒有這樣說，你是讓我這樣想。你是個聰明的小渾蛋，這也是你吃虧的地方，你太聰明了！這次你聰明反被聰明誤了！」

我一本正經地說，「我拍這張照片是有原因的。我要讓真兇想，我在重組當天晚上所發生的一切。我也要巴尼可想我在這樣做。其實，我要拍這張照片還另外有原因的，其他的照片都在我上衣內口袋中。」

善樓從我口袋把所有照片拿去。

「講下去，」他說，「聽起來像唱的一樣。我倒很喜歡聽你嗑牙，尤其是當你的牙齒還都在你牙床上的時候。等一下我和你算完帳，你不見得還會留下多少門牙。」

我打了一個大呵欠。善樓生氣得要命，一下把他的雪茄咬成兩段。他把不能再抽的雪茄拋出車窗外，他說：「我知道！你像所有聰明的壞人一樣，自以為可以利用法律和規定來保護你做壞事，只要我的手碰你一下，你就要大叫我們不尊重人權，要請六個律師來對付我們。去你的，賴，我不吃這一套。我告訴你，再過十五分鐘，你就會妨害警察公務，因而我不得不對付你。」

我什麼也不吭。

善樓也不再說話，直向警察總局開去。

「怎麼樣？」過了一會善樓說：「不唱歌啦？再說點什麼讓我笑一笑吧。」

我說：「說了也是對牛彈琴，你不會懂的，你只是一意孤行。其實，這張照片是不是你想像中的那一種照片，並不影響那一天你是不是坐在裡面大喝不要錢的香檳。」

「那是巴尼可請你們的客。」他說。

「嘿！」我告訴他：「巴尼可連三明治也不會請白莎吃，那只是個藉口。他真正要的人是你！」

我看得出這下把善樓整住了。

我說：「我要拍這張照片，因為我要一張貝比——那女侍者的彩色照片。除了這個辦法之外，我沒有辦法照她的相。我使巴尼可和貝比兩個人都相信我的目的是重組謀殺當夜的情況。事實上，我是要她的照片作為辨認之用。」

「辨認什麼人？又為什麼呢？」善樓問。

我說：「這件武星門謀殺案，你們處理得完全不對頭。到目前為止，你尚沒有動機，你沒有武星門的背景，你無法找到他的太太。但是，我找到他太太了。」

善樓把看向路面的眼光，移過來看了我兩秒鐘。「你找到武星門太太了？」他問。

我輕描淡寫地點點頭。

「嘿！你找到了。」善樓揶揄地說：「這又是你放在釣鉤上的另外一個餌，想釣我這條魚。」

「隨你怎麼講，」我說，「你自己去破你的案子，看你怎麼破。」

「說吧！」善樓說：「你的嘴皮子一向很好，我以前就不止一次被你說動過。」

「結果呢？」我說：「還不是每次都在最後，幫你中了個大獎。」

「那是我自己祖上有德，」善樓說，「每次聽你的話，都把自己送進水深火熱的泥坑裡去。要不是我運氣好，每次能自己努力爬出來，早死了多少次了。」

「你以為這是運氣好？」我說：「我們偵探社出售另外一種東西，白莎稱之為腦子。我們是靠腦力賺錢過日子的。」

我看得出善樓的心思動搖了。

「那傢伙的太太又怎麼啦？」他問。

我說：「扮作武星門太太的是——」

「扮武星門太太！」他打斷我的話說。

「當然，」我說，「她一定是假扮的，否則怎麼會到現在還不出面呢？怎麼會到現在你還找不到她呢？事實上，假如你走的路是正確的，你早就已經找到她了。」

「喔，這樣的，聰明人，」他說，「怎麼才是正確的路呢？」

「信用卡。」我說。

「什麼信用卡？」

「她有一張汽油信用卡。」我說：「她用卡簽字買汽油。」

善樓把聲音故意提高哈哈大笑。「你以為我們想不到這一點？老天，我們人力多，我們查過所有汽油信用卡，我們也查到她的簽字。我們也找到她簽字用卡買汽油時的車號，那車子是用武星門名字登記的。你再說說看，你的偵探工作有什麼特別優良的地方？你又知道什麼我們不知道的呢？」

我說：「我有一張簽單是你們絕不知道的。這張簽單加油時，她開的不是武星門的車子。」

「那麼是什麼人的車子呢？」

「巴尼可的車子。」我說。

「什麼呀？」善樓喊道。

我什麼也不說。

善樓把車速減低。「小不點，你給我注意了，」他說，「這件案子你不可以掩飾任何證據。這是件謀殺案，你要是把任何證據占為己有，保證叫你從此沒有得玩。」

「怎麼一個沒得玩法？」

善樓思慮了一下，滿意地露出高興的樣子。「小不點，你也有你的見地在。」他把車靠邊，停下來。他把引擎關掉，仔細看那一套彩色照片，把眼睛瞇起來，自口袋中摸呀摸，摸出一支新雪茄來，開始用嘴去咬雪茄屁股。

過了一陣，他說：「聽著，小不點，我要好好想一想。我要你暫時把鳥嘴閉上。我曾經聽過你信口開河，真真假假太多了。不過，有關那張用信用卡買汽油時的簽單怎麼樣了？」

「可能已經送上去收帳了。」我說：「不過我的確看到過。我曾經仔細看而且記住汽車的車號。」

善樓坐在那裡不出聲，突然向前傾，把引擎點著。他說：「在哪裡？」

「什麼東西在哪裡？」

「那加油站。」

「一直向前。」我告訴他：「第二個紅綠燈左轉。這裡離開武星門的公寓相當遠。不過我曾經一個一個加油站的跑過。」

善樓自己對自己悶聲地說：「你這個小雜種。」

我指導善樓來到那加油站。

我說：「把我手銬拿掉，對你幫忙會大一點。」

善樓說：「閉嘴，小不點，我在的時候，一切由我負責。這是警察業務。」

善樓把車開進去，一面下車，一面把警徽和身分證明拿出來。

「警察，」他對正在工作的人說，「這個人你以前見過嗎？」

加油站的職員看向我，他說：「當然，他來查過信用卡。他是個私家偵探，在查一件信用卡的竊案。」

「記得是什麼人的嗎？」善樓問。

「姓名現在忘了。姓很怪，不是太多見的。」

善樓把口袋裡貝比的照片拿出來。我偷拍到她站在十三號卡座前的那一張。

「這女人你見過嗎？」善樓問。

職員仔細地看照片。

「要仔細地看，多看點時間沒關係。」善樓說。

職員把眼瞇起來，他說，「等一下……等一下，我認識她。」

「她是什麼人？」

「我不知道她姓什麼，」職員說，「不過她用汽油信用卡來這裡買過汽油，一次或兩次。我知道，沒有錯。」

善樓把照片放回口袋，拿了一張名片交給職員。他說：「你再見到她，或是想起她的名字，打電話到總局找我，好嗎？」

「沒問題。」職員說。

「再想想，能不能記起她的姓名？」

職員搖頭說：「客人用信用卡的時候，我們只看他們簽字是否符合。我們不太注意面貌、姓名的。」

「我知道，」善樓說，「不過人很奇怪，真想想不起來，突然一想又全記起來了。」

「嗯。」職員說。

善樓發動引擎，把車子來個迴轉。過了兩條街，他把車子停向路邊。他什麼也不說，不聲不響自口袋拿出一副鑰匙，把我手上的手銬取了下來。

善樓很快地把車子開到巴氏餐廳。一路他不斷地猛咬雪茄，把一支未點火的新雪茄，尾巴咬得像把掃帚。他把漏出來的菸草嚼了又嚼。一口口咬爛的菸草被他吐出車窗之外。

他不再說話。我也不再說話。

在餐廳門口，善樓把車停妥，他走在前面，直向餐廳的門走進去。他對我說：「跟我來。」我們直上二樓，去巴尼可的辦公室。

巴尼可正在辦公室裡。

他看向我們，臉上顯出驚奇。

善樓開口問他：「那個叫貝比的女侍，她住在哪裡？」

巴尼可搖搖他的頭。「我怎麼會知道？」他說。

「她幾點鐘來上班？」

「今天她休假。」巴尼可回答。他從宓警官臉上，看向我。

善樓走向前，繞過辦公桌，一把抓住巴尼可的襯衣，把他半自迴轉椅上拖起來。他說：「你這個狗娘養的，她住哪裡？」

巴尼可嚇得張開嘴巴。「我——你要幹——」

善樓大喊道：「我問你，她住哪裡？」

「我告訴過你了，我不知道。」

「再說一次！我知道你偷偷地和她搞在一起過。要不然她憑什麼要用你的車子時，就可以開你的大凱迪拉克在市區裡亂跑。老實告訴你，你現在不告訴我她住在哪裡，我立即把你關起來，看你還說不說不知道。」

「我太太——」巴尼可說。

「去你的太太不太太。」警官說：「這是件謀殺案！」

巴尼可說：「你放手，我就告訴你。」

宓善樓把手一鬆，巴尼可被摔回椅子裡。

巴尼可把衣服整一整，拉開桌子抽屜，拿出一本黑色小本子，打開到一頁，拿給善樓去看。

善樓看了這一頁一眼，把本子合起來，放進口袋，對巴尼可說，「走吧。」

「我很忙，」巴尼可說，「我還有個約會，我——」

善樓喊道：「我要你一起走！」

巴尼可慢慢地站起來。

「像這種場合，」我向宓警官建議道：「你就用得著柯白莎了。」

「像這種場合，」善樓說：「我誰也用不到，我要依照警察手冊辦事。」

「隨你，」我說：「不過最高法院有的時候對你手冊上所寫的看法不太一樣。」

善樓生氣地看向我：「從什麼時候起我讓聰明的私家腿子，來教我怎樣做警官的工作了？」

「現在！像這種場合。」我說。

「現在又怎麼樣？」

「現在，你需要一個私家腿子告訴你該怎麼辦。」我說：「像現在這樣，你匆匆去她家裡，不帶搜索狀，你也沒有足夠理由去申請搜索狀，無論你拿到多少證據，你都無法呈庭。但是，一個和警方無任何關係的私人，要是他發現了什麼證物，你，身為警官，不能不管一管。這一點你應該比我還清楚呀。」

善樓看向我，眨著眼皮，等了一下，他說：「有用嗎？」

「有用。」我說。

「那我們帶白莎去。」他說。

我搖搖大拇指，指向電話。

善樓說：「幾號？」

我把電話號碼告訴他。

善樓撥號碼接通柯白莎。

「白莎，有事要請你親自出馬。」他說：「我的警車大概……七分鐘可以到你門口。你在門口等我……沒錯，就在路邊。」

善樓把電話掛上。

「我們走吧。」他對巴尼可說。

巴尼可在下樓時說，「我向你保證一點，挖掘我私人的性生活，對本案不會有好處的。」

「用不到你來批評，」善樓說，「有用無用我自己會決定。」

巴尼可生氣地向我攻擊。「我雇用你是叫你保護我的。姓賴的！這是你第二次反咬我一口了。」

「閉嘴！你笨得要死，你這狗娘養的。」善樓說：「要是這小王八蛋想法是對的，可以把你從水深火熱中救出來，你該跪下來給他磕三個頭。」

「讓我太太一個藉口，隨便請個律師就可以獅子大開口，要一大筆贍養費。」巴尼可說。

「總比判謀殺罪好得多。」善樓說：「再說，你嘴上功夫做得好，警方根本不會漏半點消息。」

「嘴巴該有什麼功夫呢？」巴尼可問。

「給我閉緊。」善樓告訴他。

我們全部進善樓的警車，善樓開車，用的是自己人不會吃罰單的開法。

即使如此，十分鐘後才接到等得不耐煩了的白莎。

「善樓，你要我幹什麼？」白莎問。

「讓那聰明的小子告訴你好了。」善樓說，用頭向我的方向一指。

我說：「那個發現武星門屍體，也就是侍候武星門拿食物進去給他的女侍，叫貝比，她就是失蹤的武星門太太，警察正在找的喪夫之妻。」

「他奶奶的！」白莎說。

「什麼！」巴尼可喊出聲來說，「這個騙人的小——」

「閉嘴，巴尼可，」善樓說，「讓他講下去。」

我說：「目前可以證明她的只是一種推理。警方不可能申請到搜索狀，直接進去的話，無論弄到什麼證據都不能提出來呈庭。假如一個私家偵探，自作主張去搜查，又發現有價值的證據，警方就可以採用和警方毫無關係的老百姓所發現的證據。」

「誰是老百姓？」白莎說。

「你是啊。」善樓說。

白莎咕嚕了一下，靠向後，結結實實坐在車椅裡。

善樓打開警笛。我們大家上路。

第十九章　用蝴蝶結包好的案子

離開電梯，走下這幢高級公寓旅社走道時，大家都很嚴肅。

柯白莎走在最前面，我緊跟在她後面，之後是和有夫之婦相通的巴尼可。善樓此時正在自得其樂，咬著那支濕兮兮的雪茄，準備毫不冒險地坐收漁利，所以走在最後。

柯白莎把她肥嘟嘟的手指，伸出來按向門右的假珍珠門鈴按鈕。

我一把把她的手腕抓住，說道：「巴尼可有更好的辦法。」

白莎看向我，又看向巴尼可。

善樓說：「姓巴的，唐諾不是說過了嗎？你拿出辦法來呀！」

巴尼可說：「什麼意思？」

善樓說：「鑰匙呀。真笨，還是假笨？」

巴尼可無奈地自口袋中拿出一個皮質鑰匙袋，選了一把鑰匙插進鎖孔。

我們走進他開啟的大門。

貝比穿了便袍、拖鞋，在外間鏡子前顧影自憐。

她自肩後回望，看到巴尼可，正要微笑，又見到跟來的一幫人，驚訝地把下頷垂下。

我說：「貝比，給你帶來壞消息。」

「壞消息？」她自一個人看到另外一個人，下頷始終是垂著的。

「是的，武太太。」我說：「我們來告訴你，你丈夫被謀殺了。警方一直在找你，為的就是通知你這件事。」

「我丈夫——」她說。

「你這個騙人的婊子！」巴尼可說。

「什麼呀！」貝比一下把腰挺直了，她說：「這是我的公寓，我反對你們侵害隱私權。我有權先找一個律師，我警告你們立即離開這裡。」

我問：「巴先生，這是什麼人的公寓？」

巴尼可吞了一口口水，他說：「我的。」

柯白莎問巴尼可道：「你要把公寓怎樣處理？」

巴尼可掙扎著覺醒起來，他說：「我要把它騰空出來。」

白莎轉向貝比：「把你的東西收拾收拾吧，親愛的。」

「你是什麼人？講什麼外國話？」貝比說：「你有什麼資格到我的公寓來，這樣命令我？即使你是我房東，也該事先通知，我也有權——」

「你有房租收據嗎？」白莎問。

「憑什麼聽你指使？」貝比問。

「喔！指使不敢當，親愛的，我是來幫你忙的。」白莎說：「來！我幫你整理。」

白莎走過外面一間，邁步向臥室走去。她把門打開，向壁櫃裡望去。貝比衝向前，「你這隻大母狗！」她說。她一把攫向白莎的頭髮。她的手根本沒有碰到她要抓的東西。白莎反手一把抓住她手腕，向前一引，自己退一步，又把她轉了半個大圈子。貝比撞到牆上，又反彈到床上，全部鬥志煙消雲散。

白莎說：「親愛的，殺死他的刀子，你從哪裡弄來的？」

「我……不是我弄來的。」

「但是人是你殺的，」白莎說，「他在你眼裡擋了你的路了，是嗎？」

「讓她自己說好了，白莎。」我說：「我認為不只是為了這麼膚淺的理由。」

長袍在拉扯的時候被扯掉了，貝比躺在床上，只有內褲和胸罩在身上。她看向我們，眼睜得大大的，眼睛裡充滿懼怕，嘴唇在抖。

「你已經知道些什麼？」她看向我問道。

「你只要再補充我們一、兩件事實，我們就什麼都知道了。」我說：「你沒想到他會被活活殺死的，是嗎？」

她搖搖頭，用顫抖的嘴唇說：「我從來沒有碰到過這樣可怕的事。」

我說：「端木頓在舊金山碰到了解決不了的難題，他必須要撇清別人對他的指控。他自己已經無法可想了，唯一的辦法是證明巴尼可那天晚上不在舊金山。

「所以巴尼可找到了武星門，要佈置一個假勒索，請我去付勒索款。本來的想法是只要有人想調查他當天晚上行蹤時，我可能會說出來巴尼可那天，五號至六號，事實上是在洛杉磯。

「但是他們百密一疏，疏忽了對面公寓建築向上造的事實。

「因而把柄被握在武星門手中，武星門這個該死的竟想反過來真的勒索他們，這次是玩真的，事實上他是更上一層在勒索端木頓。

「端木頓和他混在一起的人可不是好與之徒。我不知道端木頓一開始就決定殺掉他，還是臨時起意，但是他下來這裡，和巴尼可商議，然後佯稱出來打電話。

「首先他把我召去聽電話，使我沒有機會觀察這一切的進行。給了我警告後，他去執行他計劃好的工作。

「事實上，他離開有十分鐘之久，足夠他溜到廚房去，偷一把刀來。進入了與十三號相鄰的卡座，他站在軟背卡座椅的背上，從間隔的木板望向十三號卡座的武星門，武星門正把下巴靠在兩隻手掌上，身子向前傾著，他用力的把刀子自上而下，對準左側心臟部位擲去，一舉成功。那把廚師用的刀本身很重，只要目標準，插入身體是不用太多力氣的。

「然後，端木頓把上身彎過去，設法把照相機拿走，又回到電話間，他……」

「他讓我來幫他背這個黑鍋。」貝比替我做了結論。

「除了你和你的推理之外，到底有沒有事實上的證據？」善樓問我。

「你有嗎？」我問貝比。

貝比沒有回答我的問題。她站起來，走向一張桌子，自抽屜中拿出一封信。

信的內容如下：

親愛的貝比：

我們不能再這樣下去了。我認為巴尼可已經在懷疑了。他自己導演的勒索案中我弄到兩千元。我已經搏上去，準備真正的咬端木頓一口。今後我們可以去南美洲，把一切都忘了。

目前我在想偷拍有警官在座的恣情狂飲。我要利用你給我偷運一架相機進來，同時你要給我的十三號卡座望風，不要使我受到騷擾。

等我把這些人處理完了，你就會知道真正的聰明人是誰了。

信尾簽名是個星字，包圍在一個一筆畫出來五個角的星形裡。

「這是武星門自己的筆跡嗎？」善樓問。

她點點頭。

「他知道這個公寓嗎？」善樓無情地問下去。

「別把這個女人看得那麼天真。」白莎說：「你看看她這副德性。」

貝比看看這個人，看看那個人，像個落進陷阱的小動物。

白莎說：「有的女人賣給喊價最高的男人，有的女人是沿街叫賣的。這個小娼婦是沿街叫賣的。」

宓警官說：「我們一定要確定——」

但是，白莎威脅著慢慢走向她，打斷警官的話說：「我說得對不對，親愛的？」

「我到底應該最關心自己。」貝比說，畏縮著避開白莎的前進。

「講！武星門知道這個公寓嗎？」白莎問。

「不知道！不知道！你別過來！」貝比大叫道：「當然他不知道有這個公寓！」

「把衣服穿好。」善樓說：「我們要走了。」

我轉身向公寓門走去。

「嗨！你想要到哪裡去？」白莎問。

「你還是我逮捕的人犯吶。」善樓提醒我。

「去你的人犯！我把你的案子用蝴蝶結包好，放在銀盤子上交給你了。還要三跪九叩上呈給你嗎？」

善樓想了一想，突然說：「對的，我收到了。小不點，你走你的吧。」

「去哪裡？」

善樓笑出聲道：「別把男人看得那麼天真。他還有事在墨西哥，等著去了結。」

第二十章　明天的事

月光是銀色，帶有熱帶風味的。吐妥斯聖多斯灣的海水拍向岸上的細沙，如細細的低訴。

馬美儂說：「我真的在懷疑你會不會回來。要知道，我是在說你一切問題都解決之後。」

「你認為一切問題都會解決的？」我問。

「我知道你總有辦法可以解決的。」

「假如我沒有你這張王牌，放在袖子裡不給別人看見，我怎麼可能解決這件事呢？在這樣大的壓力下，大部分的女孩子一定會屈服。你是千中難得有一個的，萬中難得有一個的，十萬、百萬中——」

她把一根手指輕輕放在我唇上。「我滿喜歡你這樣說我的。但是，我們不要再提殺人了。你有多久沒睡覺了？」

我們躺在沙灘上，月亮斜照，把附近的景物照出醜怪的陰影，熱帶的空氣帶著隱在的訊息，脈動著刺激我全身的血液。一點風也沒有，夜是溫暖舒服的。月色使蕩漾的微波閃著金光。無數的小波吻著溫暖的沙灘，給人無限的美感和引誘力。

我說：「美儂，明天我們是一定要回去的了。」

她把手臂放在我頸子下，把我頭拉近，靠她肩上。

「那是明天的事。」她說。

有很多話我想問她，很多聯不起來的地方我想知道內情，但是目前一切都想不起來，也不在乎了。

明天我們要長途開車，有的是時間，但是正如馬美儂所說，那是明天的事。

相關精彩內容請見《新編賈氏妙探之28 巨款的誘惑》

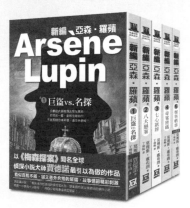

新編賈氏妙探之27 迷人的寡婦

作者：賈德諾
譯者：周辛南
發行人：陳曉林
出版所：風雲時代出版股份有限公司
地址：10576台北市民生東路五段178號7樓之3
電話：(02) 2756-0949
傳真：(02) 2765-3799
執行主編：劉宇青
美術設計：吳宗潔
業務總監：張瑋鳳

出版日期：2024年1月 新修版一刷
版權授權：周辛南
ISBN：978-626-7303-20-7

風雲書網：http://www.eastbooks.com.tw
官方部落格：http://eastbooks.pixnet.net/blog
Facebook：http://www.facebook.com/h7560949
E-mail：h7560949@ms15.hinet.net
劃撥帳號：12043291
戶名：風雲時代出版股份有限公司

風雲發行所：33373桃園市龜山區公西村2鄰復興街304巷96號
電話：(03) 318-1378
傳真：(03) 318-1378
法律顧問：永然法律事務所 李永然律師
北辰著作權事務所 蕭雄淋律師

行政院新聞局局版台業字第3595號 營利事業統一編號22759935

定價：299元

國家圖書館出版品預行編目資料

新編賈氏妙探. 27, 迷人的寡婦 / 賈德諾(Erle Stanley Gardner)著；周辛南譯. -- 臺北市：風雲時代出版股份有限公司, 2023.05 面； 公分
譯自：Widows wear weeds
ISBN 978-626-7303-20-7（平裝）
874.57 112002577